河出文庫

推理小説

秦 建日子

河出書房新社

推理小説＊目次

登場人物

警察

雪平　夏見　刑事。
安藤　一之　刑事。
山路　哲夫　刑事。捜査一課・課長。

出版

瀬崎　一郎　岩崎書房・編集者。
栗山　創平　音羽出版・編集者。
久留米隆一郎　ミステリ作家。
小沢　茉莉　久留米隆一郎の秘書。

大学

田口　和志　W大学文学部〝七年生〟。ミステリ研究会所属。
橋野　美樹　同大四年生。ミステリ研究会所属。
粕谷理恵子　同大四年生。ミステリ研究会所属。
平井　唯人　同大学生。ミステリ研究会所属。現在、行方不明。

その他

龍居まどか　都立高校三年生。
鈴木　弘務　印刷会社・社員。

推理小説

死体の数をいくつにするか。
まず、それから考え始める。
最初に二つ。これは確定。この二つがなければ話にならない。
それから、次の一つ。
問題は、そこからだ。
四つ目の死体には、ある「仕掛け」が必要だ。
五つ目の死体も同様。
なるべくなら、四つで終わらせておきたいところだが、
ここから先は相手のある話なので、
こちら側の都合だけでは決められない。

四つ、五つ、いや——
最悪、六つの死体を覚悟しなければいけないだろう。

T・H

第一章　アンフェアなはじまり

1

六月一四日（月）雨。

新宿区のほぼ中ほど。

繁華街の喧騒から離れ、辺りは静まり返っていた。

建設途中のまま、何年も放置されているビル。部屋の半分以上が未入居と噂されている新築マンション。更地にはしたものの、買い手がつかないまま雑草だらけになっている地所。そんな、未だ解消されないバブルの遺産たちを横目に眺めながら、龍居まどかは早足で歩いていた。

門限の二二時を、一五分ほど過ぎてしまっている。

梅雨特有の湿った空気が、夜の冷気に押されてじっとりとまどかの制服にまとわりつき、彼女の行き足を邪魔していた。シャンプーのコマーシャルに出られそうな、自慢のサラサラの黒髪が、額に張り付くのも不快だった。

――今日こそ早く帰るつもりだったのに、もう。

まどかは、ひとり、つぶやく。

両親の機嫌を、今以上に損ねるわけにはいかない。

あとひと月もすれば、高校生活最後の夏休みがやってくる。その夏休みを利用して、ふたりきりで旅行に行こうと、まどかは同級生の勢田トオルに申し込まれている。

旅行。

ふたりきりで、旅行。

まどかは、その旅行を実現させるためのシミュレーションを、既に七通りは考えていた。特に大事なのは、母親に旅行の話を切り出すタイミングだ。それが、最初にして最大の関門。母親の上機嫌の瞬間を、きちんと押さえなければならない。

――やっぱり、走ろう。

同じ門限破りでも、三〇分以内のものと、それ以上の場合とでは、母親の怒りの持続時間が倍以上違うことを、まどかは知っていた。

視線の先に、公園の入口が見えた。

いつもなら、その公園は通らない。以前に同級生が何度か、露出狂の痴漢に遭遇したことがあるからだ。でも、その公園を斜めに駆け抜ければ、家に帰り着く時間が五分縮められるのも事実だった。

肩のかばんを斜めに掛け直し、まどかは走り出す。

露出狂がなんだ。男の裸くらい、これからはいくらだって見るのだ。怖がることなんてない。そう自分に言い聞かせながら走った。唇に、別れ際の勢田トオルの感触がまだ残っていた。それも、まどかを勇気付けた。

二〇〇メートルくらい走っただろうか。

いきなり、派手に転倒した。遊歩道が緩やかにカーブしていて先があまり見通せなかったのと、公園の中の照明があまりに暗いせいで、遊歩道のど真ん中に横たわっていた黒い障害物にまどかは気づかなかった。まどかは、すりむいた両肘を押さえながら、そのいまいましい障害物を睨んだ。

その時だった。

背後の茂みの中から、声がふわりと浮かんだ。

「これが、リアリティ」

――出た！　露出狂！

が、霧雨に濡れた植え込みの中から姿を現したその人影は、きちんと服を着ていた。局部どころか、シャツの第一ボタンまでぴっちりと締めていた。その代わり――手に、鈍く光る何かを持っていた。

「そして、オリジナリティ」

凛とした温かな声の張りが、極めて状況にそぐわなかった。言葉の意味も不明だった。

まどかは、後ずさりをした。が、すぐに、後ろには下がれなくなった。さっき蹴躓《けつまず》いた障害物が、またもやまどかの行く手を阻んでいた。人だった。

倒れ込んだまま、ピクリとも動かない男の体。顔の左半分に大きな穴があり、そこから溢れ出した大量の血が、辺り一面をどす黒く覆っている。その穴が、左の眼球を抉り出された跡だとわかるのに、まどかは更に数秒を要した。

驚愕と恐怖が彼女を縛り、その声帯を凍りつかせる。

大声で叫びたいのに、叫びたいのに、叫びたいのに――小さな悲鳴すら、彼女は搾り出すことが出来なかった。


――T．H著『推理小説・上巻』第一章の1より抜粋

2

雪平夏見の携帯電話の呼び出し音は、常に最大ヴォリュームに設定されている。が、それでも、深夜二時を回った後の彼女を起こすには不十分だった。携帯電話メーカーは、少なくとも、今の三倍の音量まで設定可能にすべきだと安藤一之は思う。

自分の携帯電話を車の助手席の上に放り投げ、乱暴にアクセルを踏む。安藤の住む市ヶ谷から、雪平の住む中目黒に、それから、新宿区戸山の事件現場に――深夜とは言え、三〇分以上のロスは確実だ。山路課長の叱責の声が、安藤には聞こえるようだった。

「それは、おまえの責任だ（カチャカチャ）」

「おまえがきちんと（カチャカチャ）」

「おまえさえちゃんと雪平のフォローをしていれば（カチャカチャカチャ）」

磨き上げた銀のジッポ・ライターのふたをカチャカチャさせながら、部下に小言を言うのが、苛立った時の山路の癖だった。あれをやられると、こちらの苛立ちも倍増する。山路は、決して雪平のことは叱らない。山路だけではない。捜査一課の人間で、雪平にあれこれ物を言う人間はいない。言われるのは常に安藤だ。雪平に関するすべてのしわ寄せは、相棒である安藤ひとりに押し寄せる。

——本気で引越しを考えた方がいいかもしれないな。雪平の近くのマンションに、いや、いっそ同じマンションに住んでしまおうか。

外苑西通りから明治通りを経て駒沢通りへ。そして、山手通りをわずかに左。安藤は乱暴に車を道路脇に寄せると、エレベーターは使わずに非常階段を駆け上がった。ポケットから鍵を取り出す。雪平の部屋の合鍵は、自分の部屋の鍵と一緒にしてある。今年の四月、捜査一課に着任した際、課長の山路からこれを渡されたときは、何かの冗談かと思ったものだ。仮にも、独身女性の部屋の鍵である。

「この鍵は、二四時間持ち歩くこと」

山路は、にこりともせずにそう言った。

以来、安藤は、月に二回以上のペースで、この合鍵を使う羽目に陥っている。

玄関のブザーを立て続けに五回ほど押す。

もちろん、室内からの反応はない。

合鍵を使って中に入る。

ありがたいことに、室内のあかりは点けっぱなしになっている。雪平の脳内に、寝る前にあかりを消すという回路はないらしい。

靴を脱ぎ、部屋の奥へと進む。本当は、靴のままあがり込みたいところだが、それはグッと堪《こら》えた。そのために、安藤はわざわざグレーの靴下を履いてきたのだ。白い靴下で雪平の部屋に入ってしまうと、そのあと何度洗濯しても落ちることのない汚れがこびりつく。

——それにしても……

どこをどうすると、ひとりの人間がここまで部屋を汚せるのだろうか。

スポーツ新聞、エロ四コマばかり載せているマンガ雑誌、食べかけのカップ麵、食べかけのポテトチップス、食べかけのマカロニサラダ、無数のコンビニの空き袋、ケンタッキーフライドチキンのカーネル・サンダースの頭だけ、引きちぎられた駐禁の黄色い輪っか、地球儀、熊の着ぐるみ（誰が着るのか）、祭りで売られているビニール風船の王冠——足りないのは死体くらいのものだ。それらを飛び越え、踏み越え、安藤はまずキッチンに行き水を汲む。そして、今度は奥の寝室へと向かう。鼾《いびき》が聞こえてくる。

雪平夏見は服を着たまま眠っていた。

安藤は少しだけ胸を撫で下ろす。

雪平夏見は、酔うとしばしば全裸で寝る。彼女のフル・ヌードを、安藤は何度か拝見していた。三〇代後半の女性の裸とは思えない極上のプロポーション。大きな乳房には若々しいハリがあり、ウエストはきちんとくびれている。下腹部に無駄な脂肪はなく、肌は透き通るような白。しかし、いくら美しい裸でも、殺人事件の夜、それも、現場に急行命令が出されている夜に見せられては、嬉しくもなんともない。

今夜は服を着ていた。

これで、時間が五分助かる。

「雪平さん、起きてください。雪平さん！」

乱暴に肩を揺すり、何発も頰を叩く。

「事件ですよ。殺人事件」

雪平の美しい顔が醜く歪む。

そう。雪平夏見は美人なのである。無駄に美人——安藤はこのフレーズが気に入っていた。無駄に美人。これ以上、的確に雪平を表現することが出来るだろうかと安藤は思う。

「うるさい」

一三発ほど頬を叩いた時点で、ようやく雪平は第一声を発する。

その口に、安藤は水道水を流し込む。コップの縁がひどく汚れてはいたが、気にはしないことにする。

「もう飲めない」

「雪平さん、殺人事件です」

「行きたくない」

「新宿の公園で、ふたり殺されています。ひとりは、都立高校の制服を着ているそうです」

「興味ない」

「雪平刑事！」

雪平はまたもや鼾をかき始め、安藤は雪平に殺意に近い感情を抱く。

――世の中、おかしなことが多すぎる。

――どうしてこの女が、警視庁捜査一課で検挙率ナンバーワンなのだ。

――間違っている。何かが、間違っている。

3

いつもと同じ時間に目が覚めた。

カーテンを開け、窓を開け、大量に買い込んであるプラスチックのクリア・コップでよく冷えたミネラル・ウォーターを飲む。そのクリア・コップは再利用など考えたりせず、必ずすぐに捨てる。それが、瀬崎一郎の朝の決まりだった。彼の部屋には、クリア・コップ以外の食器は一切ない。ナイフもフォークもスプーンもない。彼は、「何かを洗う」という行為が嫌いだった。洗い物がシンクの中に残っているという状態も嫌いだった。コンビニやデパ地下の惣菜パックのような美的センスのないものを、自分の部屋に持ち込むことも嫌いだった。

嫌いなことはしない。

それが、瀬崎の考える最良の人生。

一足す一が二なのと同じくらい自然に、部屋からは食器が消え、冷蔵庫の中からは食材が消えた。本当は洗濯機も消したいのだが、毎日着衣を使い捨てるだけの経済力は、瀬崎にはなかった。なので、それはまだ我慢している。今は。いつか、幸運が自分に大金を運んできたら、洗濯機も消滅させようと瀬崎は本気で考えている。

テレビのスイッチを入れてみる。これは、朝の決まりではない。久々に、観たいと思ったので、観る。テレビは、どのチャンネルも、昨夜、新宿区戸山の公園で起きた殺人事件のニュースを流している。

「被害者のひとりは、会社員・鈴木弘務さん、四二歳」

「そしてもうひとりの被害者は、都立高校三年生の龍居まどかさん、一七歳」

超音波歯ブラシで丹念に歯を磨きながら、瀬崎は、テレビの中に映し出されたふたりの被害者の顔写真を見つめる。何の感興も湧いてこない。

――どうして世のマスコミは、殺人事件というだけで、こうも大々的に報道するのか。

――どうして、殺人事件の被害者は、こんなにも悲劇の主役扱いされるのか。

――交通事故で死ぬのと、若くして癌で死ぬのと、バスルームで足を滑らせ頭を打って死ぬのと、やっとの思いで作った愛人の腹の上で死ぬのと、どこがどう違うのか。

何も違いはしない。

老衰と自殺。それ以外の死は、みな、同じことだ。ツイてなかった――そういうことだ。

そんなことを思いながら、それでも瀬崎はしばらくテレビを消さなかった。

瀬崎の住む武蔵小山の駅から、瀬崎が勤める神田神保町の岩崎書房まで、目黒駅の乗り換え時間を入れて約三二分。その間、瀬崎は、自分に課された「ノルマ」について考えることにする。

「実売一〇万部。売り上げ一億六〇〇〇万円」

それが、新しく着任した上司・森川から課された数字だった。

「実売一〇万部。売り上げ一億六〇〇〇万円」

それが、どれだけバカバカしい数字か、銀行から送り込まれてきたあのド素人にはわかっていない。

平成一六年の四月現在、岩崎書房の平均初版部数は六〇〇〇部を切っている。瀬崎の頭の中には、常時、五〇近い新刊の企画があったが、それらはすべて、実際に刊行したところで実売三〇〇〇部にも届かないだろう。当たり前といえば、当たり前なのである。書籍の内容は、その深さに比例して読者を選ぶ。読者が本を選ぶのではない。本が読者を選ぶのだ。そこのところを、多くの人間が勘違いしている。結果、毒にも薬にもならない陳腐なものばかりがベストセラー・リストに並ぶ。例外は――年に二、三冊というところだろう。

「実売一〇万部。売り上げ一億六〇〇〇万円」

くだらない。編集者の能力を測る上で、一番くだらない物差しだ。

しかし、そのノルマをクリアしなければ、その先にあるのは、他部署への配置転換、もしくは解雇処分。

瀬崎は考える。

一冊あたりの単価を一六〇〇円として、単純計算で、瀬崎は、一年に新刊の書籍を三〇冊以上出さなければいけないことになる。それが無理なら――無理に決まっている――ビッグ・ヒットを、ベストセラーを、出すしかない。

例えば、昨夜の殺人事件。

あの女子高校生の親は、「手記」を出すだろうか。

『まどかちゃん、一七年間ありがとう　～我が子を惨殺された両親の、涙と悔恨の手記～』

瀬崎は、自分が前に勤めていた音羽出版の同僚・栗山創平の顔を思い浮かべる。栗山は、その手の企画が好きだった。今後の殺人事件の流れによっては――つまり、ワイド・ショー的な展開がこの先用意されていれば――わかりやすい痴情のもつれとか、あるいは猟奇的な連続殺人とか――更に、その間、浜崎あゆみや福山雅治が電撃結婚もせず、六本木で無差別テロも起きず、日航機が整備不良で墜落したりもしなければ――初版で一万部、いや、龍居まどかのルックスだと、二万部刷ってもハケる企画になるかもしれない。

でも――瀬崎はそんな企画には手を染めない。

考えはしても、結局は手を染めない。

編集者として、それは、彼には嫌いな道だった。

4

「あれって、ただの通り魔なのかな」

W大学近くのドトールでカフェラテを啜《すす》りながら、橋野美樹は、同じクラスの粕谷理恵子相手に切り出す。

「推理小説なら、典型的なミッシング・リンクなんだけどなあ……」

大学から徒歩で一〇分ちょっとという至近距離で起きた昨夜の連続殺人事件。ミステリ研究会所属の美樹にとっては、大いにそそられるネタだった。

「ミッシング・リンク？」

「おそらくは同一犯による犯行。にもかかわらず、被害者同士の接点が見つからない。接点が見つからない以上、犯行動機もまた、わからない。フッフッフ」

現実に起きた殺人事件について得意気に語ることを、美樹はかけらも不謹慎とは考えていないようだった。最後の「フッフッフ」は美樹の癖である。本人は、名探偵のイメージを表現しているつもりらしいが、たいていの場合、それまでの会話の文脈に合致していない。

「美樹」

「何？」

「そんなことより、自分の就職の心配した方がいいんじゃないの？」

就職活動のための資料の束を取り出すことで、理恵子は殺人事件の話題を打ち切ろうとする。資料は一〇〇社分以上ある。こいつを、午前中に全部チェックするのだ。首相が無能なのか、世の経営者たちが無能なのか、日本経済は、まったく上昇の気配を見せていなかった。四年制大学の、それも文学部生である理恵子と美樹は、戦後、もっとも就職にあぶれる可能性の高い女子大生と言えた。

「就職、か。なーんか、惹かれないんだよねー」

「は？」

「私さー、きっとそういうの、向いてないと思うんだよねー。フッフッフ」

美樹のいつもの発言。ふだんなら、そんな美樹の態度に小言のひとつも言ってしまうところだが、今日の理恵子は違う。

——あのメールのことは、言えない。

理恵子は思い出す。

最初は、ただのイタズラだと思っていた。とても——とても悪趣味なイタズラだと思っていた。いや、思いたかった。

でも。

場所も、日にちも、そして、時刻も一致していた。

——わからない。

——わからない。

——警察に、通報すべきなんだろうか。

——私にはわからない。

ただ、安易に口にしてはいけないような、そんな予感に理恵子は縛られていた。美樹の口は軽い。それに、美樹も、二年前に、私とあの男の間で何かが起きたということを、気づいていないわけがない。

「あ、田口先輩！」

突然、美樹が声を半オクターブほど高くして立ち上がった。

振り返る理恵子の目に、同じ文学部の〝七年生〟であり、そして、同じミステリ研究会の先輩である田口和志の姿が飛び込んできた。

美しくセットされた髪。理知的な瞳。どんな話題でも、とても楽しそうに語る口。理恵子や美樹が逆立ちしても敵わない、きめ細かな肌。週三日のジム通いで造られる、適度に筋肉質なボディ。そのボディを包む、品のいいストライプのシャツ。そして、細く、セクシーな指。

留年を重ねる文学部生というイメージとは、対極の位置にいつも田口はいる。気軽に貧乏な後輩たちの面倒を見るのと同時に、どこでどう知り合うのか、芸能界のタレントたちとも多数交流があるようだった。

美樹の声に田口は振り向き、減点のしようがない爽やかな微笑みをふたりに見せた。美樹に。そして、それよりも少しだけ長く、理恵子に。

理恵子は、そんな田口の微笑みから逃げるように目を逸らす。

今となっては、信じられない。

田口が、かつては自分の――こんなに冴えない私の、恋人だったなんて。

いや、もう忘れたのだ。過去のことはすべて、私は忘れる。振り払う。そして、今目の前にある就職活動に全力を――

「久しぶりだね、美樹ちゃんも、粕谷も」

ずっとそうだ。

田口は、美樹のことは名前で呼ぶのに、理恵子のことは名字で呼ぶ。

田口は、美樹の隣に座る。「ここ、いいかな」の一言もなく。

田口は、でも、美樹の目はあまり見ない。

田口は、理恵子を見る。すべてを見透かしているかのように、見る。

——彼に、話すべきだろうか。

あのメールのことを。最後に記されていた「T」と「H」について。

「T」と「H」。

二年間、理恵子を苦しめた「T」と「H」——

「田口先輩、今朝のニュース、見ました？ フッフッフ」

「ああ、戸山公園の事件だろ」

なぜか、田口はそこで、大きくひとつ、息を吸った。

「あれって、本当に通り魔の仕業なのかな」

5

都営三田線の神保町の駅から徒歩七分。

三省堂書店の裏手近くにある、築四〇年は経っている地上七階、地下一階のペンシル・ビル。岩崎書房の唯一の資産であるその自社ビルの六階に、瀬崎のデスクはある。

出版界の最大手・音羽出版の編集部から、中堅の岩崎書房に転職して約二年。

それは、瀬崎の編集者人生の中で、二番目に大きな失敗だった。


デスクトップを立ち上げ、メールのチェックをする。

新着メールは、一七件。

音羽出版時代に付き合いのあった人気作家三人から、それぞれ、瀬崎が依頼した仕事への断りのメールが来ていた。

寄らば大樹の陰。

それは、一見華やかに見える自由業の連中も例外ではない。いや、実は、安月給のサラリーマンより、フリーと呼ばれる連中の方にこそ、その意識は強い。大手の出版社と付き合うことで得られる社会的信用、金銭的メリット、そして、良作駄作を問わず、最低限の売り上げを保証してくれる膨大な広告宣伝。一度、その恩恵にあずかった者は、もう二度と徒手空拳で闘う気にはなれない。

彼らからのメールを、すぐに削除する。

別に、落ち込む必要はない。最初から彼らに期待などしていない。

デスクを離れ、三省堂書店の一階の新刊コーナーを冷やかしに行く。

平積みの新刊を見て回る。

役に立たない財テク本。安易なハウツー本。質の悪いゴースト・ライターが書き殴ったタレント本。テレビドラマのノベライズ。主人公の名前に珍妙な当て字を使っているミステリ、ハードボイルド。過剰にセンチメンタルな恋愛小説。「モテるオヤジに必要なのは、お金ではなく『センス』です」という帯を巻いた恋愛指南書。そして夥しい数の自己啓発本。上司の心得。部下の心得。三〇代の心得。幸せな家庭を維持するための心得。老後の心得。生きる心得。心豊かに生きるための心得。

瀬崎は、一冊も購入せずにそこを出る。


行きつけの喫茶店に入り、コンデンス・ミルクを多めに入れたベトナム・コーヒーを飲みながら、しばし考え事をする。

手帳を眺め、スケジュールをチェックする。

何通か、手紙を書く。メールは好きではない。仕事上やむをえず使ってはいるが。

それから、店に備え付けの新聞のいくつかをパラパラとをめくる。一紙が昨夜の新宿区戸山の殺人事件を早くも報じていた。

「会社員・鈴木弘務さん、四二歳」

「都立高校三年生・龍居まどかさん、一七歳」

被害者ふたりの間にこれといった接点は見つかっていないこと。片方の被害者の左の眼球が、抉り取られていて見つかっていないこと。金品などが奪われていないこと。だいたい、そのようなことが書かれてあった。

瀬崎は、被害者ふたりの写真を改めてじっと見つめた。

龍居まどかが、明るく快活な雰囲気で微笑んでいた。コミック週刊誌の表紙に出ていてもおかしくないかわいさだった。昨夜、あの公園さえ通らなければ、さぞかし幸せな人生を送れていただろうに。

――ツイてなかったね。

朝と同じ感想をつぶやくことで、瀬崎はいったん自分の思考を中断する。その新聞をラックに戻し、朝日新聞を手に取る。社会面、生活面、特集面と紙面をめくり続け、最後に政治面を斜め読みする。

朝毎読と三紙を読み終え、必要な情報を整理し終えた頃には、時刻は正午近くになっていた。

6

雪平夏見が犯行現場に到着したのは、緊急出動命令から八時間後、事件翌日の午前一〇時過ぎだった。

現場には、お決まりの立ち入り禁止の黄色いロープが張られている。地面には、白いチョークで死体の輪郭がかたどられている。遺留品の捜索は、まだ続いていた。マスコミは、午後から始まるワイド・ショーで現場中継の画《え》を流すべく、静かに待機している。

「で、どういう事件なんだっけ」

雪平は傍らの安藤に聞く。

「殺人事件です」

「それは覚えてる」

「人がふたり死んでます」

「それも覚えてる」

「片方の被害者の左眼球が、ナイフで抉り取られています」

眼球をナイフで抉る。何のために？　――それが、今朝一番に新宿署で行われた捜査会議において、もっとも議論の的になった部分であった。

安藤にはわからない。

犯行後は、一刻も早く現場を離れたい――それが、通常の犯人の思考回路である。現場に留まれば留まるほど、誰かに目撃され、通報され、逮捕される危険は高まる。にもかかわらず、犯人は、事切れた被害者の眼球を抉るという作業を実行した。自分の安全の確保より、眼球を抉る作業を優先した。なぜ？　怨恨？　それとも、変質者？　怨恨なら、被害者をメッタ刺しにしてほしかった。変質者なら、なぜ、女子高生の方の眼球は抉らなかったのか。

――奇妙だ。

――しっくりと来ない。

――何かがずれている。

気がつくと、雪平が煙草を吸っている。安藤は、慌てて雪平用の携帯灰皿を取り出す。事件現場では禁煙なんだと何度言っても、この女には理解出来ないらしい。雪平は、吸い差しを携帯灰皿に載せると、ゆらゆらと白いチョークで示された場所に向かった。

「安藤！」

雪平は、安藤のことを常に呼び捨てにする。絶対に、安藤くん、などとは呼ばない。ニックネームもつけない。

「どっちが、どっち?」

「は?」

「どっちが、最初の被害者?」

「あ、はい。残留血液の凝固の状態から、最初の被害者は会社員の鈴木弘務さんと思われます。手前のチョークが倒れていた場所です。奥が、二番目の被害者の龍居まどかさん」

「ふん」

雪平は、鈴木弘務の方のチョーク跡の中に入ると、そのまま寝転んだ。

「遺体の格好は、こんな感じ?」

雪平は、地面に平気で自分の頬をこすりつける。

「はい、そうです」

昨夜の霧雨の湿気が、まだ地面にはたっぷりと残っているはずだが、雪平には気にならないようだった。そして、そのまま雪平はじっと動かなくなる。

被害者が最期に見た景色を見たい。

そんなことを、前に雪平から聞いたことがある。刑事・雪平夏見の、捜査に入る前の儀式なのだろう。これが、たいていの場合、一〇分ほど続く。今回は、被害者がふたりいるから二〇分。その時間をどう潰すか、それが安藤の頭をいつも悩ませる。

辺りを見回す。

ふたりの被害者が倒れていた場所から三メートルほど後ろに、植え込みがある。今朝の会議では、その植え込みの中の状況についても、所轄署の刑事から報告がなされていた。曰く、人がひとり、長時間潜んでいたと思しき形跡がある。曰く、足元の雑草は踏まれてつぶれ、何本かの小枝には、真新しい折れ口が残されている。つまり、犯人は、この公園で、凶器を持って潜んでいた。それが捜査本部の今のところの見解だった。被害者・鈴木弘務を殺害するために、彼をずっと尾行していたわけではない。

鈴木弘務は、いつもは自転車で自宅と駅の間を往復していた。事件当日の朝は、たまたま雨足が強かったので徒歩にしたのだという。そして、自転車通勤の時は、この公園の中は走らない。舗装された大通りを使う。第二の被害者・龍居まどかにしても事情は似通っている。彼女もふだんの夜は、この公園を通らず、少し遠回りになる大通りを利用していたという。つまり、最初からこのふたりを狙った犯行とは考えにくい状況であると言えた。

——やはり、通り魔殺人……

——変質者……

捜査員全員の脳裏に、この言葉はあったはずだ。だが、誰ひとり、その単語を口に出さなかった。通り魔殺人を装った計画殺人というものもまた、この世には多く存在する。安易に通り魔殺人と決め付けることの危険性を、捜査員は全員知っていた。

「安藤。それを拾って」

唐突に、雪平の声が飛んできた。

地面に寝そべったまま、雪平が何かを指差している。

「は?」

雪平の指先をずっと辿っていくと、植え込みの下に四センチ×一三センチの、縦長の、白い紙が落ちていた。

「本の栞、ですかね」

安藤は、注意深く手袋をした手でそれを拾い上げ、雪平に見せた。

*

デジタル・ビデオ・カメラの液晶モニタ。

若い男の刑事と、地面に寝そべる女刑事を捉えている。

——殺害現場ハ、二四時間以内ニ限ル。
現場ノ醸シ出ス「おーら」ガ違ウ。

ズーム機能が作動する。

カメラが、女刑事に寄っていく。

女刑事が、若い男の刑事から、小さな紙片を受け取り見つめているのがわかる。

——ソレニシテモ、イイ女ダ。

＊

安藤から、その紙片を受け取る雪平。

白い無地の紙に、簡素な印刷。出版社名は書かれていない。茶の縁取りの中に、コピーがシンプルな黒字で記されている。

アンフェアなのは、誰か

7

同じ日の午後。

瀬崎は、ミステリ作家の久留米隆一郎の仕事場を訪ねた。覚悟していたことではあるが、広尾にある久留米のマンション、その瀟洒な外観が、瀬崎の気持ちを腐らせた。

久留米の書くミステリを説明するのは実に簡単だ。

動機は常に「復讐」。

旅行ガイドをほとんど引き写しただけの風景描写。

トリックは、必ず、現地の伝統芸能や民謡絡み。

そして、東京～大阪の新幹線片道の間に読み切れる程度の、実に読み応えのない分量。

そんな代物が――最近は、やや不調とはいえ――ほぼ五万部は売れ、著者は広尾に新築4LDKのマンションと駐車場を持つことが出来る。別に、二子玉川に自宅もある。日本が不況だというのは嘘だ。

インタフォンを押すと、秘書の小沢茉莉が顔を出した。

「おはようございます。岩崎書房の瀬崎と申します」

頭は、下げなかった。

女は、頭を下げない来客に馴れていないかのように押し黙っている。

「先日、お電話差し上げた岩崎書房の瀬崎と申します。久留米先生から、今日の午後ならお時間いただけるとうかがっております」

「……どうぞ」

きっと、笑顔を見せるほどの価値を、瀬崎には感じていないのだろう。

通された先のリビングで、三〇分ほど「先生」のお出ましを瀬崎は待つ。棚の上に、さりげなく、芸能人との記念写真が飾られていて、それが微妙に瀬崎の居心地を悪くする。有名人の色紙がベタベタと飾られている飲み屋やラーメン屋に間違って入ってしまったときの居心地の悪さに似ている。

やがて、奥座敷のドアがガチャリと開き、Tシャツ姿の久留米が出てきた。ソファの瀬崎に「やあ」と快活な笑顔を見せる。ゴルフ焼けの黒い肌。高級スポーツ・ジムに大枚をはたいたであろう引き締まった体。歯磨きのコマーシャルに推薦出来そうな白い歯。これで、待ち時間が三〇分ではなく三分だったら、うっかり好印象のひとつも持ってしまったかもしれない。

「パーティには、まだ三日あるよね」

「はい」

「それにしちゃ、ずいぶんと早いお迎えだ」

そう言って、久留米はまた笑顔を見せる。

もしかしたら、気の利いたジョークのつもりかもしれない。

岩崎書房では、「日本文学新人賞」という賞を主催していた。応募作品数とそのレベルの下落が止まらないため、三年前に「BUNGAKU新人賞」と名前が改められた。この改名――経営陣は「CI」だと言う――によって、応募作品数は、更に三割下落した。まあ、それでも、今年も一〇二九作もの応募があった。言い古された事実だが、小説を書きたいと思っている人間の数は、小説を読みたいと思っているそれよりも確実に多い。

久留米は、今年から、その「BUNGAKU新人賞」の選考委員長になっていた。

「例の件、もう一度お考えいただけないでしょうか」

「えっ？」

「先生の、デビュー二〇周年記念」

「ああ、あれ」

「はい。その記念すべき書き下ろし小説を、ぜひ、当社からお願いします」

「……」

久留米の顔から、嘘くさい笑顔が消えた。

「あのさ」

「はい」

「ぼくがどうして『BUNGAKU新人賞』の選考委員を引き受けたか、わかってる？」

「はい」

「そりゃぼくだって、人並みの義理人情くらい知ってるよ。ぼくをデビューさせてくれたのは、岩崎書房。売れるまで根気よく作品を出してくれたのも岩崎書房。大手からの依頼が来だしたとき、快くその執筆を認めてくれたのも岩崎書房。だから、その恩返しのつもりで、今年、ないスケジュールを無理やり空けて、ぼくは『BUNGAKU新人賞』の選考委員を引き受けた」

「先生のお名前のおかげで、今年もなんとか、応募者一〇〇〇名を確保出来ました」

「よかったじゃない。なら、それで満足してよ」

「……」

「今、オタクが苦しいのは知ってるよ。でもさ、ぼくはぼくで、音羽と一ツ橋から、一年で三冊ずつ出さなきゃいけない契約になってるんだよ」

「……」

「それとも何？　君は……君は……」

「瀬崎です」

「瀬崎くんは、ぼくの小説なんて、二、三週間で簡単に書き下ろせるとでも思ってるの？」

もちろん、思っていた。

もしかしたら、二、三週間もいらないかもしれない。

瀬崎はそう思っていた。

が、それを正直に口にすることはもちろん出来ない。

正直に言い放ちたいのを我慢して黙る。

——今日もまた、嫌いなことをしてしまったな。

瀬崎が黙っているので、久留米はもうこの話題は打ち切ってよいと判断したようだった。

「悪いけど、ちょっと出なきゃいけなくなったんだ。急にね。瀬崎くんは、もしよければここで一息入れてってよ。コーヒー党ならジャマイカ産のブルマンがあるし、紅茶ならインド産のエキストラ・ダージリンがある。何なら、そこらへんの酒を好きにやってくれてもいい」
それだけ白い歯を見せながら言うと、久留米は奥座敷に引っ込んだ。
予想通りの展開だった。
小沢茉莉が「何かお飲みになりますか？」と聞いてきた。相変わらず、笑顔はない。
「何も」
瀬崎は答えた。
ささやかな意地のつもりだったが、女には通じていないようだった。
――別に、いい。
――これも、予想通りだ。
「では、失礼します。私にも、いくつか片付けなければいけない用事がありますので」
瀬崎は、それだけ言い残し立ち上がった。

8

同じ日の夜。
あと五分もすれば深夜〇時。
作家は、自分の部屋に置いてある古いノートＰＣの電源を入れる。

深夜〇時から毎日二時間――その時間だけは、すべてのしがらみを忘れ、作家は、その作品に集中する。

書きかけの小説が、ＰＣとともに自動的に立ち上がる。

「推理小説　Ｔ．Ｈ」。

一五インチの液晶画面に、太字のタイトルが浮かぶ。

そして、二行空けて、本文。

＊月＊＊日（＊）雨。
新宿区のほぼ中ほど。

繁華街の喧騒から離れ、辺りは静まり返っていた。

建設途中のまま、もう何年も放置されているビル。部屋の半分以上が未入居と噂されている新築マンション。更地にはしたものの、買い手がつかないまま雑草だらけになっている地所。それらを横目に眺めながら、被害者Ｂは早足で歩いていた――

※　被害者Bについての描写。
※　その日の状況。
※　可能な限り、被害者Bの、明るく幸せな未来を想起させるような記述。

公園の中ほど。

被害者Bは、被害者Aの死体を見つめる。

その時だった。

背後の茂みの中から、声がふわりと浮かぶ。

「これが、リアリティ」

「えっ？」

「そして、オリジナリティ」

温かな声の張りが、極めて状況にそぐわなかった。

言葉の意味も不明だった。

被害者Bは、後ずさりをした。が、すぐに、後ろには下がれなくなった。なぜなら被害者Bの退路には、被害者Aの死体が横たわっていたから。

驚愕と恐怖が被害者Bを縛り、その声帯を凍りつかせる。

Tシャツにスウェットというラフな格好に着替え、この作業のために奮発して買った沖縄・泡盛の七〇年ものの古酒のロックを傍らに置き、作家はPCの前に座る。

――――――

まず、被害者Aを、鈴木弘務に。そして、被害者Bを、龍居まどかに。

作家は、まどかの顔を思い出す。

肩のやや上に揃えられた、サラサラの黒い髪。にきびひとつないきれいな白い肌。高くはないが、形のよい鼻。ふくよかでやわらかそうな唇。そして、この先多くの男を魅了したであろう大きな瞳。

――いい書き出しになった。

作家は思う。

最初の被害者がブスでは、話は盛り上がらない。被害者は、かわいいに越したことはない。

作家は、念のためカレンダーで日付を確認しつつ、本文の一行目から文章に手を入れていく。

六月一四日（月）雨。

新宿区のほぼ中ほど。

繁華街の喧騒から離れ、辺りは静まり返っていた。

建設途中のまま、何年も放置されているビル。部屋の半分以上が未入居と噂されている新築マンション。更地にはしたものの、買い手がつかないまま雑草だらけになっている地所。そんな、未だ解消されないバブルの遺産たちを横目に眺めながら、龍居まどかは早足で歩いていた。

門限の二二時を、一五分ほど過ぎてしまっている。

梅雨特有の湿った空気が、夜の冷気に押されてじっとりとまどかの制服にまとわりつき、彼女の行き足を邪魔していた。シャンプーのコマーシャルに出られそうな、自慢のサラサラの黒髪が、額に張り付くのも不快だった。

――今日こそ早く帰るつもりだったのに、もう。

……

泡盛のロック・アイスが少し溶け、カランという気持ちのいい音をたてた。

第二章　お約束の殺人

1

撃鉄が唸り、悪寒に似た波動が、指先から一気に肩口まで駆け上る。硝煙の臭いが、鼻腔を刺激する。銃口の一〇メートルほど先に、犯人が倒れている。あと数分で、「かつて、犯人であったもの」に変化するだろう。

銃を降ろしたいのに、体は硬直したまま言うことをきかない。銃を握り締めた両手が、なぜか血でべったりと汚れている。

――矛盾している。

――いや、矛盾はしていないのか。

――結局は、同じことなのか。

犯人が顔を上げる。

じっと、こちらを見つめる。

「ずるいよ、あんた」

「……」

「おれはナイフしか持ってないのに、銃で撃つなんて」

「……」

私は答えない。何も答えない。

犯人の瞳の奥から、生命の最後のかけらが零れ落ちる。

静寂。

死。

それでもなお、銃口は「かつて、犯人であったもの」を狙っている。もし、それが身じろぎのひとつもしようものなら、私の指は、もう一度、引き金を引くだろう。


背後から、声がする。

振り返る。

「ママ」

美央が立っている。

じっと、こちらを見つめている。

美央の口元が、スローモーションのように動く。

声が、サラウンドのように私を包み込む。

「ママは、人殺しなの？」

わんわんわん。

「ママは人殺しなの、なの、なの……」

わんわんわん。


いつも、同じところで、目が覚める。

2

「遺作」の執筆は、快調に進んでいた。

顔を上げると、壁の一番目立つ部分に、彼の執筆意欲を猛然と掻き立てる、一枚の紙が貼られている。

「原稿は、不採用となりました」

そっけない文面。

一〇〇回以上読み返しても、延べ時間は五分にも満たない。

社名のすぐ脇には、担当者の手書きのコメントが鉛筆で書き足されている。

「展開がアンフェア」

「動機にリアリティがない」

アンフェアで、しかも、リアリティがない。


部屋の片隅のパイプ・ベッドの上では、一時間ほど前から、女が白い尻をこちらに向けて眠っている。電話注文の出来る白い尻。宅配ピザと同じ程度の時間で届く白い尻。九〇分三万五〇〇〇円の白い尻。滑稽だ。人生最後の日の過ごし方として、自分が最悪の選択をしたのは間違いない。でも、まあ、いい。最後の日を美しく過ごしたからと言って、それまでの人生が肯定されるわけではないのだ。最悪なら、最悪なりに、自分にふさわしい復讐劇を、迷わず遂行すればいい。


――さあ、思い知るがいい。

キーボードを叩く。

思い知るがいい。

思い知るがいい。
Seせzaざkiき（変換）瀬崎
iいchiちroろuう（変換）一郎
瀬崎一郎。
瀬崎一郎。
そのひとつひとつに、強い怨嗟の念を込めてキーボードを叩く。
読み返す。
悪くない。
もう一度、読み返す。
いつしか、涙が頬を伝っている。
進化した、自分の「遺作」を読みながら泣いている。
女の姿は既にない。
――よかった。追い出す手間が省けた。
あとは、仕上げだ。
ナイフで抉るか、ロープで絞めるか、それとも、薬……
――試したい。全部、試してみたい。

3

鈴木弘務と龍居まどかが惨殺されてから、七二時間が経過した。

初動捜査において、警察は何ひとつ、有効な手がかりをつかめなかった。

有効な目撃証言は、ただのひとつも得られなかった。

現場に残された凶器から、指紋は検出されなかった。

毛髪その他、犯人のものと思しき遺留品は見つからなかった。

ふたりの被害者の間に、これといった共通項は見つからなかった。

捜査陣の手に残された、か細い「蜘蛛の糸」——それは、事件現場に残されていた「栞」だった。

アンフェアなのは、誰か

白い無地の紙に、簡素な印刷。出版社名は書かれていない。茶の縁取りの中に、コピーはシンプルな黒字。鑑識からの分析報告によれば、この「栞」は普通に印刷所で印刷されたものではなく、ヒューレット・パッカード社製のインクジェット・プリンタでプリント・アウトされたもので、裁断も、個人がカッターナイフのようなもので丁寧に行ったものである可能性が高いという。

この「栞」には、表面に、被害者・鈴木弘務の右手五指の指紋が、そして裏面には龍居まどかの左手五指の指紋が付着していた。

「本の栞なんて、普通、貸し借りしたりせんわな（カチャカチャ）」

一課長の山路が、憮然とした声で呟く。

刑事部屋には、早くも、重く鬱屈した空気が漂い始めていた。日がな一日、聞き込みに歩き回り、何ひとつ「土産」を持って帰れなかった刑事たちが十数人、一日の徒労を忘れようと、安藤の淹《い》れた安物の番茶を飲んでいた。

「指紋のつき方も不自然です。普通に栞として使っていたなら、先端に親指と人差し指、あるいは中指の指紋が残るのが自然なはずです」

一課の小久保刑事が、山路の言葉に続く。

「メッセージ、か。犯人からの」

だが、何のメッセージなのかはわからない。

手がかりが少なすぎて、推理のしようがない。

しかし、事件について、他に話せるネタもない。

だから、同じ話を何度もしてしまう。

堂々巡り。袋小路。迷宮入り。連想ゲームは、いつも、悪いイメージへ悪いイメージへと流れていく。

安藤は、思わずあくびに似たため息を漏らした。

「安藤！　あくびなんぞするな！（カチャカチャ）」

安藤の方をチラリとも見ていないくせに、山路の叱責が飛んでくる。彼のいじくり倒す銀のジッポ・ライターの方が、あくびに似たため息よりずっと捜査の士気を削いでいることに課長は気付かないらしい。

——おれは寝てないんだ。

安藤は腹の中でわめく。

——もう、七〇時間、一睡もしていない。課長命令で組まされた、この横の女のせいで。

安藤は、ちらりと雪平の様子をうかがう。

雪平は、鼻をほじくっている。人指し指で、自分の右の鼻腔の上っ面を、爪でカリカリ掻いている。眠そうな気配は微塵も見えない。驚異的な体力だ。いや、ただの不眠症か。この女は、一日二〇時間、休憩も取らずに聞き込みに歩き回る。残りの四時間、安藤が眠い目をこすりながら報告書を書いている横で、この女は芋焼酎をロックかる。

で飲み倒す。そして、その酒臭い息を気にするでもなく、また前科者たちのアリバイ確認に街へと出て行く。災難なのは、ごくごく普通の生理メカニズムを持つ相棒の方だ。他の刑事たちが、みな、雪平とコンビを組みたがらない気持ちが安藤にはよくわかる。


「雪平。何か、意見はないか（カチャカチャ）」

　ついに、山路は雪平を指名する。会議が完全に煮詰まった証拠だ。雪平は、肩をすくめ、指先についたカスを息で吹き飛ばす。

「焦らなくても、そのうち犯人が新しい手がかりをくれるでしょう」

「どういう意味だ」

「また、殺すでしょうから。誰か」

　……刑事部屋の温度が、二℃ほど下がったような気がした。刑事たちはみな、声も立てずに呻いた。雪平の発言は激しく不謹慎ではあったが、それでも、正鵠《せいこく》を得ていることに間違いはなかった。雪平は、右に続いて左の鼻腔も心ゆくまでほじり、そして元気に立ち上がった。

「安藤」

「はい」

「少し、飲もうか」

「えっ？」

――何が、「少し」だ。おまえは毎日浴びるように飲んでるじゃないか。

「課長。お先に失礼します」

雪平は、無駄に美しい笑顔を山路に向ける。そして、「お疲れさん」の一言も待たずに、颯爽と刑事部屋を出て行く。その後ろ姿は、まるで、ウィンブルドンで決勝のサービス・エースを決めた直後の、マルチナ・ナブラチロワのようだ。

「行け」

「えっ？」

「飲んで来い」

山路が、不機嫌な声で安藤に言う。

上司の命令なら逆らえない。

同僚刑事たちの、敵意と悪意とがないまぜになった無言のプレッシャーを振り払い、安藤は雪平の後を追った。

4

二一時。

既に入浴を済ませ、彼女はパジャマ姿だった。
携帯電話の、受信メールボックスを開く。
見覚えのないメールアドレス。
タイトルは「りえこへ」。

「明日、ふたつの命と引き換えに、ぼくの才能は甦る。T．H」

着信時刻は「六月一三日二二時一三分」。新宿区戸山の殺人事件の、ちょうど前日である。理恵子は、あの事件以来、ずっと、寝ても覚めてもこのメールへの対応を考え続けていた。授業中も、教授との面談中も、食事中も、入浴中も、用便中も、ずっと頭の中では、このメールのことがぐるぐると回っていた。

選択肢は四つある。
①警察に通報する。（正解。でも、そうはしたくない）
②田口和志に相談する。
③メールを返信する。（あなたは誰？　まさか――）
④メールを消去して忘れる。（きっと、それが一番賢いやり方……）

コン…………コン…………

予期せぬ音に、理恵子の思考は遮られた。

特徴のあるノックの音が、理恵子の住む三軒茶屋の1DK・家賃七万二〇〇〇円の室内に響いた。ドア・チャイムがあるのに、わざわざノック。

コン…………コン…………

聞き覚えのあるノックの仕方だ。

音と音との間が、通常のリズムより三拍ほど長い。そういうノックが格好いいのだと、以前、自慢気に言われたことがある。

——考えろ、私。

知られていいことは何一つない。一時的に、気が軽くなったような錯覚を覚えるだけ。秘密は秘密のまま、誰にも言わずに抱え込むのが正解なのだ。

コン…………コン…………

携帯電話を閉じ、バッグの奥に、外から見えないよう理恵子は突っ込む。

——間違えるな、私。

——普通に振る舞えばいい。明るく振る舞えばいい。

——そっちの方向に話が行きそうになったら、強引に就職活動の話でもしよう。

立ち上がり、まず鏡を覗く。微笑んでみる。大丈夫。

「はーい」

意識して明るい声を出しながら、玄関のドアを理恵子は開けた。

5

JRの恵比寿駅から、線路沿いに渋谷方面に徒歩三分。細い路地を右に入ってすぐの灰色のビルの二階にその店はあった。待ち合わせ時刻ちょうどに――粕谷理恵子が、意を決して、玄関のドアを開けたのと同じ二一時に――瀬崎一郎は、その「MILES」という店の大きなガラス扉を押した。明る過ぎず、暗過ぎない照明。ゆとりある大きな木のテーブル。褐色の木とクリーム色の布を組み合わせた椅子。店の隅で大人しく寝ているダックスフント。控えめに流れているケニー・バレルのギター。窓際の席に座っていた若い男が、瀬崎の姿を見て立ち上がった。どうやら彼が、瀬崎の待ち合わせの相手のようだった。

「お忙しいところおそれいります。田口和志と申します」

「瀬崎です」

椅子に腰を下ろす。いい椅子だ。

「何をお飲みになりますか。お酒ならたいていの種類はありますし、ここは昼は喫茶店なので珈琲も旨いですよ」

白い歯だった。単語のひとつひとつの発音がクリアで、耳に心地よかった。瀬崎は、滑舌のよい人間が好きだった。

「なかなか、いい店でしょう？　この店、まだ二〇代のモデルの女の子がオーナーなんですよ。すごいと思いませんか？　実は、その子のマネージャーさんと、ぼく、ふだんから親しくさせていただいていて、それで、ここ、よく使わせてもらってるんです」

目の前の若者に対する好感度が一気に下がった。

好感度というやつは、上げるのは難しいが、落ちるときは一瞬だ。

「話を聞く前にひとつだけ」

「はい」

「私は君とは面識がない。なのに、君は、私でないとだめだという」

「……」

「どうしてなのかな」

田口が微笑む。予想通りの質問なのだろう。

「実は、久留米隆一郎先生の仕事場で、瀬崎さんのお名前が何度か出ていたんです。先生の二〇周年記念の書き下ろしの件、しつこくされて困ってるって」

微笑みとはうらはらに、目が意地悪そうに光る。瀬崎のリアクションを値踏みしようというのだろう。

「お伺いしたのは一度だけだよ」

至って平静に瀬崎は答える。

「電話攻撃が、と先生は」

田口は、「攻撃」という単語を微妙に強調する。

「電話も一度だけだよ」

楽しそうに瀬崎は答える。

「そうなんですか。でもとにかく、久留米先生はそうおっしゃっていたんです。瀬崎さんは、実にその……」

——さて、次は、何というのだろう。

「その……仕事熱心だと」

穏やかな単語に切り替えた。この手法は効果がないと、田口は早くも悟ったようだ。

「君は、久留米先生の所のスタッフなの?」

「スタッフ、というと、少しニュアンスが違います。でも、毎日のように、あの仕事場には出入りしています」

田口は、そこで言葉を区切り、胸を張った。

「実はぼく――」

「なるほど。君が書いてたんだ」

「えっ？」

「二年ほど前から、久留米先生の作品のタッチが変わった。微妙に。確か、音羽出版から出した『鳥取砂丘殺人ゲーム』――」

「……」

「あれからは、ずっと君が久留米隆一郎だった――そう言いたいわけだ」

「……よくわかりましたね」

「わかるさ。この話の流れなら、誰だってそう思う。それに――」

「……」

「ゴースト・ライター云々というのは、この世界ではそれほど珍しいことじゃない。それこそ、エラリー・クイーンの昔から」

「あの男を庇うんですか？」

「事実を言っただけだよ」

「あの男は、人として間違ってます」

「その男に、金で作品を売ってきたのは君だ」

「金なんて！」

田口の声が店内に響く。

従業員と、数人の客が、瀬崎と田口の方を振り返る。

田口の、しまった、という顔つき。

「煙草、いいですか？」

「どうぞ」

煙草を取り出し、火をつけ、自分の中の決意を確かめるかのように、少しだけ遠くを見つめてみる。瀬崎にはそれら一連の田口の動作が、「さあ、これから重大な告白をします」というお題で即興芝居を命じられた、高校の演劇部の生徒の演技プランのように見えた。

「久留米隆一郎は、ぼくが所属しているW大ミステリ研のOBなんです。アイデアに行き詰まるとやってきて、後輩の指導と称して、ぼくらのアイデアを掠《かす》め取っていく」

クリアな通る声で、田口は再び語り始める。

「自分で言うのもなんですが、ぼくは、アイデアマンだった。変わった凶器。意表をついた偽装工作。哀しく切ない犯行動機——ぼくは、すぐに久留米のお気に入りになりました」

「……」

「彼は言いました。この世界、一番モノをいうのはコネだ。人脈だ。最初から、大手の出版社から、多額の宣伝費をかけて本を出す。それが、成功への最短距離だ。そして、ぼくは君に、その道を走らせてあげるだけの力がある」

「……」

「二年間、自分のもとで修業をしろ。そう久留米隆一郎は言いました。ぼくは、彼を信じた。彼が、講演会で自慢話をしている間、自慢の愛車でドライヴをしている間、クラブで女を口説いている間、ぼくは必死で、久留米隆一郎名義の小説を書き続けた」

「要点だけ、話してくれないかな」

「！」

「別に私に、懺悔をしたいわけじゃないだろう？」

「……」

ちらりと辺りを見回す。誰も、聞き耳をたてていないのを確認する。それから、新しい煙草を取り出し、火をつけ、自分の中の決意を確かめるかのように、少しだけ遠くを見つめてみる。節目節目でこの「儀式」をやらずには、彼は話を先に進められないらしい。

「瀬崎さん。久留米は、ぼくをデビューさせる気なんてなかったんです。書けなくなった自分の代わりに、永遠にぼくを使うつもりなんです。それが、その……はっきりとわかったんです」

「……」

「でも、ぼくはそんな人生まっぴらだ。ぼくは、ぼく自身の名前と才能で、この世界を渡っていきたい」

「だから？」

「デビュー、させてください」

「……」

「その代わり、ぼくは、久留米隆一郎と自分の関係について、ふたりで犯してきた一連の詐欺行為について、岩崎書房さんにだけすべてを告白します。たとえば、岩崎書房さんの『月刊ＢＵＮＧＡＫＵ』――あれは、久留米がデビューした老舗の文芸雑誌です。その巻頭で、ぼくがすべてを話せば、話題性も抜群でしょう？」

「先手を打って、被害者を気取りたいわけだ」

「ぼくは、正真正銘の被害者です。ぼくは、騙されたんです」

「……」

「岩崎書房さんなら、ぼくのこの気持ち、わかってくれると思ったんです。久留米隆一郎は、売れない頃、散々岩崎書房さんに世話になったくせに、大手から声がかかった途端、後足で砂をかけるようにして出て行ったと聞いています」

「……」

田口が煙草を吸うように、瀬崎は珈琲を一口飲んでみた。

話題性は、まあ、あるだろう。『月刊BUNGAKU』の巻頭くらいは押さえられる。いや、最初から暴露本として売り出す方が、より効果的だろう。セットアップの方法さえ間違わなければ、その手の本は、確実な売り上げが見込める。刺す相手が、でかければでかいほど。世間様というのは、いつも、成功者がスキャンダルで失脚する瞬間を待ち望んでいる。この田口という男に作家としての才能があるかどうかは、この際、関係ない。

「実売一〇万部。売り上げ一億六〇〇〇万円」

自分が今抱えているノルマを瀬崎は思い返す。

久留米隆一郎のことは、確かに好きではない。おとといの、彼の慇懃無礼な態度も、まだ忘れたわけではない。

――でも、

――そう。「でも」――

あるいは、安い暴露本など出さず、この若者を押さえることで――それこそ『月刊BUNGAKU』に短編小説のひとつも載せてやれば、この男は喜んでいろんな証拠を提供してくれるだろう——久留米隆一郎に対して大きな貸しを作ることも出来る。書き下ろし小説を何作か、音羽や一ツ橋出版の間に割り込んで書かせることも可能だろう。

「実売一〇万部。売り上げ一億六〇〇〇万円」

久留米を自由に出来れば、その数字に、俄然、現実味が出てくるのは確かだ。

——でも、

——そう。「でも」——

瀬崎は、財布から千円札を一枚取り出し、立ち上がった。

「？　瀬崎さん」

「今の話、聞かなかったことにするよ」

「どうしてですか？　瀬崎さんにとっても、いい話のはずです」

ああ。人はどうして、他人も自分と同じ物差しを使っていると決め付けるのだろう。

「田口くん」

「はい」

「確かに私は、久留米隆一郎を好きではない。編集者として重たいノルマも背負っているし、君の話が本当なら、いろいろと売り上げにつなげる方法もあるだろう」

「だったら――」

「でもね、おれは、人を後ろから撃つような人間は好きじゃない」

田口の目に、微かな驚きの色が走る。

瀬崎は初めて、芝居がかっていない田口を見た気がした。

――青臭いと思えば思え。おれは、痛くも痒くもない。

そのまま、田口を残して外に出た。

6

粕谷理恵子が、聞き覚えのあるドアのノックに対して、意を決してドアを開けた二一時。そして、瀬崎一郎が、田口和志という男を初めて認識した二一時。その同じ二一時、久留米隆一郎は、広尾のバーの片隅で、携帯電話と格闘している。

新たに買い求めたFOMAの最新機種。が、久留米は、その機能の一〇分の一も使いこなせない。メールひとつ打つのにもやたらと時間がかかるし、銀行の預金残高も確認出来ないし、終電の時刻を調べることも出来ない。そんなことは出来なくても実は何の不便もないのだが、だからといってＴｕ－Ｋａのような話せるだけの携帯に替えたいとは思わない。若いやつらは――どう考えてもＩＱ70程度の連中でも――ｉモードもｉアプリもやすやすと使いこなしているではないか。

――ここで脱落してはいけないんだ。

久留米は、携帯を投げ捨てたくなる自分に言い聞かす。

面倒な設定を済ませ、さあ、最近関係の出来た、若い愛人にメールを送ってみよう。

「健全な関係というのは、ギブ＆テイクが成り立つ関係のこと。わかるよね？」

7

そして三〇分後。

粕谷理恵子の部屋のドアが、静かに開き、そして閉まる。

来訪者が去っていく足音が聞こえる。

やたらと、現在の田口和志との関係を聞かれただけで、「Ｔ．Ｈ」については、まったく話題に上らなかった。

ドアに鍵をかけ、チェーンをかけ、それから理恵子は、再び考え始める。

――メールが送られてきたのは、私だけだろうか。

――美樹のところには、多分、来ていない。

――では、田口はどうだろう。

――では、久留米先生はどうだろう。

――では、彼が、「一番残酷な方法で殺してやりたい」と言っていた編集者……名前は何だったか……せ……せ……瀬崎！　確か、瀬崎！　その人のところには、メールは送られていないのだろうか。

8

更に三〇分後の二二時。

瀬崎は、恵比寿ガーデンプレイスのTSUTAYAで借りたビデオを小脇に抱え、武蔵小山の自分の部屋を目指して歩いていた。

田口和志は、まだ恵比寿の「MILES」にいた。橋野美樹が入ってきた。田口が、急遽、携帯で呼び出したのだ。美樹は、自分のレパートリーの中で、上から二番目の笑顔を田口に向けた。田口は、今夜、この女とヤるのも悪くないかなと考えた。

久留米隆一郎は、広尾から麻布十番まで徒歩で移動しようと試みている。新しく買った携帯に、ナビゲーション・システムが付いているはずなのだ。何としても、そのナビゲーション・システムを使って、二軒目の飲み屋まで歩きたい。

粕谷理恵子は、気分転換に就職活動のための資料請求はがきを書き始めたが、予想通り、作業には集中出来なかった。一度、自分の名前を書く欄に、「平――」と書いて青ざめた。そのはがきは、捨てた。

小沢茉莉は、久留米の仕事場で、経理処理のための残業をしていた。換気をしようと窓を開けると、薄っぺらい駐車場の領収書が数枚、風に飛ばされ床に落ちた。茉莉は、それを拾おうと屈み込んだ。と――そこに、「異物」が落ちていた。小さな、緑の葉。部屋にある観葉植物たちとは全然違う、排気ガスで表面の汚れた小さな緑の葉。茉莉は、しばしそれを見つめた。

――例の殺人現場から付けて来ちゃったのね。

バカな趣味だと茉莉は思う。いや、趣味と言ったら久留米に悪い。彼は真剣なのだ。真剣に、仕事の一環としてやっている。ジムに週五日通うのも、芸能人たちと飲み歩くのも、常に最新機種の携帯電話に買い替えるのも、殺人現場に潜むのも、彼にとっては仕事の一環なのだ。

彼女はティッシュを取り出してその葉を包み、それからライターで火をつけた。

ボッ。

緑の小さな葉は、美しいオレンジの炎となり、五秒後にはティッシュとともに灰へと変わった。

こうした一瞬の火遊びが、茉莉は好きだった。

そしていつも、同じ事を考える。

——私はまだ、オレンジの炎だろうか。それとも、既に灰なのだろうか……

9

それぞれに夜は更け、そして、平等に朝が来る。

六月一八日（金）。

第三の殺人の日。

10

カサカサと、何かが蠢《うごめ》く音で目が覚めた。

黒く、薄い。

それが何なのか、ズキズキと痛む脳細胞が認識するのに数秒を要した。

長い触角が、顔に微かに触れる。

それは、極めて至近距離に存在するゴキブリだった。

悲鳴とともに、安藤は跳ね起きる。彼の周囲に築かれていたゴミの山が、音をたてて崩れ落ちる。振り回した彼の右腕に、タコ焼きの紙皿に残っていたからしマヨネーズがベットリとつく。ここはどこだ。路地裏の残飯置き場か。それとも、夢の島のゴミ埋立地か。

——いや、違う。

最悪の予感に震えながら、安藤は隣を見た。

予感は的中した。

全裸の雪平夏見が、小さな鼾をかいている。ここは、雪平夏見の部屋だ。ココハ、ユキヒラナツミノヘヤダ。

自分の姿を見る。

全裸。

脳裏に、昨夜の雪平の言葉が、切れ切れに甦り始める。

「飲めよ、バーカ」

「いいんだよ、バーカ」

「パンツなんて穿いてんじゃねえよ、バーカ」

——雪平が「バーカ」を連発し始めたら、そこから先は別人と思え。そう、何度となく、山路に念を押されていたのを忘れていた。

雪平の残飯コレクションの下から、もっともお気に入りだったポール・スミスのブルーのシャツを見つけるのに五分かかった。マーガレット・ハウエルの黒のパンツは、埃でところどころ白くなっていた。こいつらを今からもう一度着るのだと思うと泣きたくなる。靴下とブリーフは諦めよう。探し出したところで、もう永遠に、本来の用途は果たしてくれないだろう。コンビニで買って、そこのトイレで穿けばいい。

「今日の予定は？」

「は？」

いつのまにか、雪平も起きていた。

自分の部屋に、全裸の男がいることに——そして、自分自身も全裸であることに

「今日の捜査の予定」

——雪平は何一つ関心を払っていないようにみえた。慣れた足取りで、ゴミの中に点在する亜空間を跳びはね、冷蔵庫から、この部屋で唯一の現役らしい生茶のペットボトルを取り出し、そのままラッパ飲みを始めた。

女は低血圧で朝は不機嫌、というパターンは、雪平の場合、全く当てはまらない。常に目覚めは爽快で、朝から頭脳は澱みなく回転する。二日酔い、という言葉は辞書

にない。昨夜の反省、などという言葉ももちろんないだろう。

　――それに比べておれは何だ……

　せっかくの七〇時間ぶりの睡眠がこれか。昨日までの寝不足がいっそ羨ましい。

「安藤、聞いてるの？　今日の捜査の予定」

「……はい。もう一度、ふたりの被害者の接点の洗い直しです。鈴木弘務と龍居まどかの」

「何も出ないよ」

「そんなことはわかりません。一％の可能性に賭けて、地道に捜査するのが刑事の仕事でしょう」

「次の殺しは、どんなだと思う？」

「は？」

「また、似たような夜の公園でやるのか。また、包丁で刺すのか。また、いっぺんにふたり殺すのか」

「……」

「それとも、全く別の手口を使うのか」

「……」

「次のメッセージも、本の栞を使うのか」

「雪平さん」

「ん？」

「服、着ませんか？」

「何？　女の裸は初めて？」

「そうじゃなくて――」

安藤にポンと生茶のペット・ボトルを放り、雪平は「かつてクローゼットであったもの」の扉をこじ開ける。安藤は下着を諦め、埃で白くなったマーガレット・ハウエルを直に穿きながら、気になっていたもうひとつの質問を試みた。

「雪平さん」

「ん？」

「しては、いませんよね」

「は？」

「自分たち、その、しては、いませんよね？」

「何を」

「何を？」

「だから、何を？」

からかわれているわけではなさそうだった。そういう回路がないのだ。

「殺し、起きますかね」

下手な話題の変え方だった。でも雪平はスムーズについてきた。

「起きるでしょ。そして、犯人のルールがわかる」

「ルール?」

「アンフェアなのは誰か?　――フェアか、アンフェアかを問うには、そこにルールの存在が必要でしょ?」

話題を変えるのには成功したが、そのタイミングは少し早過ぎたようだ。雪平は、全裸のまま、事件について熱弁を振るい出しそうだ。

「雪平さん、服」

「ふむ」

目の前で、雪平が下着を穿き始める。今日という日のこの朝が最高なのか最悪なのか、安藤には判断が難しく思えてきた。

「安藤」

「はい」

「前から思ってたんだけどさ」

「はい」

「安藤って、つまんない男だね」

「……」

それきり会話は途絶える。黙ってふたり、マンションの外に出る。安藤の車が、昨夜の酒酔い運転を証言するように、三〇度以上斜めに停まっている。バンパーに、新しいすり傷が豪快に付いている。どちらが運転してつけた傷なのかは、究明しないことにしようと安藤は思う。

「じゃ、鈴木弘務の家から行こうか」

11

鈴木弘務。四二歳。社員数三〇人のワダ印刷の営業部長。年収五一〇万円。同じ職場で知り合った四歳年下の藤田友恵と三一歳のときに結婚。昨年、体外受精にてようやく子宝に恵まれる。歩、一歳。女の子。事件以来、妻の友恵は心労で臥せったまま。現在は、栃木県在住の友恵の母・澄恵が、歩の世話をしている。

入居して五年という賃貸マンションの間取りは1DK。当然、鈴木弘務個人の部屋などはなく、彼専用に与えられていたのは、ダイニング・キッチンの片隅に置かれたノートPC用の小さなデスクと椅子だけだった。

電源を入れ、鈴木弘務のPCを立ち上げる。

彼は、頻繁に家に仕事を持ち帰っている。顧客データベース。エクセルを使用した見積もりの数々。イラストレーター。フォトショップ。一番最近の仕事は、消費者金融会社の街頭宣伝用のポケット・ティッシュに入れる広告チラシだ。

業務関連でのトラブル情報は今のところ報告されていない。

顧客データベースを開く。

(有)アートテック。

(有)アクセス。

アルファ興産株式会社——

雪平はページをスクロールしていく。

「雪平さん。データは全部コピー済みです」

「わかってる。でも、鈴木さんが見てたのはこの画面なの」

「はあ」

平均帰宅時間は午後一〇時過ぎ。月に一〇〇時間近いサービス残業をこなす企業戦士。煙草は、ひとり娘の誕生を機にきっぱりと止めた。外食はほとんどしない。ギャンブルもしない。帰宅後、長めの風呂に入り、そのあと、缶ビールを片手にネット・サーフィンをするのがささやかな趣味だったという。

インターネット・エクスプローラを開き、彼のネット閲覧履歴を辿る。

育児サイト。

健康食品サイト。

ニュース・サイト。

テレビドラマのサイト。

格安旅行のサイト。

ネット・オークションのサイト。

そして、それらに混じって、アダルト画像や動画のサイト。ダウンロードの履歴も残っている。フォルダの名称を「雑資料」としてあるところを見ると、妻には内緒の息抜きのようだ。出会い系サイトもいくつか出てきたが、どれも掲示板の閲覧だけで入会はしていない。

「安藤。もし明日死ぬとわかってたら、こういうフォルダはどうする?」

「は?」

雪平は安藤の答えを待たずに、「削除」をクリックして、鈴木弘務のアダルト・コレクションを根こそぎ消去した。

「!!! 雪平さん! 勝手にそんな――」

「コピー、本部に取ってあるんでしょ?」

「でも！」

「ケチくさいこと言わない。奥さんは、知らないんだから」

彼の住んでいた五階建てのマンションのすべての部屋を、そして更に向かいのマンションも訪問した。漠然とした質問を繰り返し、漠然とした、役に立ちそうもない情報を集めた。それから、徒歩で一〇分ほど離れた龍居まどかの家を目指して、聞き込みをしつつ移動した。龍居家に到着した時は、夕方の五時になっていた。

12

同時刻。

御茶ノ水にあるヒルトップ・ホテルの一階で、第三六回「BUNGAKU新人賞」の授賞パーティが始まろうとしていた。瀬崎は、半年振りにスーツに袖を通し、会場入口で招待客を待ち受けていた。

今年は「経費削減」の名目のもと、例年よりひと回り狭い会場になっていた。しかし、選考委員長に久留米隆一郎を持ってきたことが功を奏したのか、あるいは、下手な鉄砲数撃ちゃ当たるとばかりに、大賞の三作同時授賞という大盤振る舞いが効いたのか、「参加」の連絡をしてきた招待客は、例年より多かった。

開場して一〇分程度で、早くも会場内は朝の通勤ラッシュに似た状況を呈してきた。

かつて自分が在籍していた音羽出版の編集者・栗山創平が現れる。瀬崎とは同い年。瀬崎にとって、唯一、「友人」と呼べる同業者。

栗山は、瀬崎の姿を認めると、笑顔で近付き、そっと耳元に囁いた。

「面白い話があるんだ。こんなパーティ、途中でフケて、ふたりで飲まないか」

「何だよ、面白い話って」

「実はな――」

さわりだけ、そっと瀬崎に耳打ちする栗山。特ダネをつかんだ者特有の自慢そうな顔。

栗山のすぐ後に、今度は田口和志が、女をふたり連れて現れる。粕谷理恵子。橋野美樹。招待はがきは、久留米から回っているのだろう。瀬崎と目が合う。田口は、昨夜のことなど微塵も感じさせない礼儀正しさで、すっと瀬崎に向かって目礼をする。

そして、次の瞬間には、女性ふたりをスマートにエスコートしながら会場の奥へと入っていく。

――たいしたタマだ。

瀬崎の中での田口の好感度は上がらないが、それでも、あの男が何がしかの才能を持っていることは間違いなさそうだった。それが何の才能なのか、何の役に立つ才能なのかまでは、瀬崎にはわからなかったが。

最後に、いかにも真打ち登場との雰囲気で、久留米隆一郎が現れる。彼の傍らには、ドレスアップした小沢茉莉。その、ひんやりとした美しさ。

部長の森川――今年の春、銀行から送り込まれてきたド素人――が、壇上横の司会者用マイクの前に立つ。

「えー、それでは、ただ今より、岩崎書房主催・第三六回『ＢＵＮＧＡＫＵ新人賞』の授賞パーティを始めたいと思います。ではまず最初に、かつて、この賞の大賞を受賞し、そして、今年より選考委員長を務めていただきました、久留米隆一郎先生より、一言ご挨拶をいただきたいと思います」

しかし、「ご挨拶」は始まらなかった。

会場の片隅から、つんざくような悲鳴が上がったからだ。

13

三〇坪の土地を目いっぱい使った一戸建て。龍居まどかの部屋は、二階の南向き、一番日当たりのいい六畳の洋室だった。

内装リフォームの会社を営んでいる、父・肇が、雪平と安藤を案内する。

クリーム色のクロスを貼った壁。淡いピンクの絨毯。タッキー&翼のサイン入りポスター。参考書。CD。そして、数え切れないほどの、友人たちとのスナップ写真。

事件後、まだ両親は、彼女の部屋のものに、何ひとつ手を触れていないという。

雪平がそれを発見したのは、部屋に入ってから三〇分ほどたった頃。デスクの引き出し、本棚、CDラックなどを見終え、龍居まどかの洋服ダンスの中をかき回していた時だった。

かわいらしい包装紙に包まれた未開封のコンドーム。

手書きのメッセージが添えられている。

「絶対につけさせろよ　by　ゆい、めぐ、ともよ」

雪平は、黙ってそれを眺める。安藤は、何とコメントすべきかわからない。使われずに残ったコンドームに切なさを感じる人もいるだろう。たかがセックスに大騒ぎする女子高校生を滑稽と思う人もいるだろう。もしかしたら、コンドームをプレゼントするという友情の形に、嫌悪感を抱く人もいるだろう。でも、安藤は――そして、おそらく雪平も――別のことを考えていた。

思考は、携帯電話ひとつで、あっけなく遮られる。

「はい、雪平」

「山路だ。今から、御茶ノ水のヒルトップ・ホテルに急行してくれ。殺しだ」

「……もしかして、あったんですか？　メッセージ」

「ああ、あった。今度も、本の栞だったよ」

事件現場は、岩崎書房主催の「BUNGAKU新人賞」授賞パーティ。その参加者のひとりのスーツのポケットから、栞は発見されたという。

アンフェアなのは、誰か

第三章　恋の予感

1

その少年は、最後まで被害者面をして死んだ。勉強が出来ないのは親のせい。学校がつまらないのは教師のせい。バイトが続かないのは世の中のせい。女にモテないのは金がないせい。そんな身勝手な理屈を振り回し、立て続けに傷害事件を八件も起こした薬物中毒の一七歳の少年。

私が撃った。

私が、射殺した。

「ずるいよ、あんた」

「……」

「おれはナイフしか持ってないのに、銃で撃つなんて」

「……」

——そろそろ起きなければ。起きないと、また同じシーンを見る羽目になる。

「ママ」

——ほら、来た。

美央が立っている。

美央の口元が、スローモーションのように動く。

「ママは人殺しなの？」

——起きろ。

「ママは、人殺しなの？」

——起きろ、私。

暗闇の中、ようやく、私は目覚める。

あたりを見回す。いつも通りの私の城。多少汚れてはいるが、たいした問題ではない。時刻はまだ午前三時半。ビールを二本も飲めば、あと三時間くらいは眠れるかもしれない。

ゴミを蹴飛ばしながら、冷蔵庫へと辿り着く。ドアを開けると、中のライトが点灯し、間接照明のように、部屋を照らす。

壁に、一枚の絵が貼ってある。

私に残された、僅かな思い出。その、鮮やかな、赤。

2

「推理小説」ほど退屈な小説はない。

なぜって、読み始める前から、結末が判明しているのだから。

事件は必ず解決する。

犯人は必ず明らかになる。

しかも、その真犯人は、必ず序盤から登場していて、それなりに重要な役どころを必ず担っている。

伏線は、常に思わせぶりに書かれていて、少し文章の読める者なら、そこから事件の真相を推察できる。

序盤に登場する怪しげな人物は、常に「ミス・リード」のための記号か、第二・第三の殺人の被害者と相場は決まっている。

読者は保守的で、作家に対して常に「フェア」であることを求める。「フェアに楽しませてくれ」。「フェアに驚かせてくれ」。たとえば、「ヴァン・ダインの二十則」。たとえば「ロナルド・ノックスの十戒」。

求められるのは、常に予定調和的「大ドンデン返し」。そのくせ、それらは同時に「リアリティ」を持っていなければいけないと読者は言う。あるいは、読者の代理人である編集者が言う。

へえ。

たとえばだ。たとえば、この第三章の2にだけ「たとえば」という記述が多いのは偶然ではない。狙いである。が、狙いだからと言って、それがどのような狙いであるのか、きちんと私が後で説明するとは限らない。するかもしれない。しないかもしれない。現実とは、常にそういうもののはずだ。いや、常に、日本政府が、イラクの日本人人質解放に向けてどのような努力をしたのかを一切説明しないように、三菱ふそうが自社の販売した車の欠陥について一切の説明をしなかったように、説明とは、たいていの場合、十分になされないものと認識した方が「リアル」だ。みんなの大好きな「リアリティ」だ。説明とは、いつも、説明する側の都合に過ぎない。都合のいいことだけを言う。都合のいいことだけを書く。時には、嘘もつく。それを「アンフェア」と言うのは自由だが、そうした人間は、たいてい現実世界では負け犬のはずだ。違うだろうか。

たとえばだ。たとえば、この第三章の2では、文章が誰の視点から書かれているかが説明されていない。いつの時点で書かれているかも説明されていない。事件が起きる前なのか。すべてが終わったあとなのか。それとも、今まさに、事件が起きている途中なのか。

私は説明をしない。最後まで、説明はしない。説明しない理由も説明しない。

たとえばだ。

たとえば、物語のまだ途中であるにもかかわらず、こんな宣言がなされたら、読者はどうするだろうか。

この小説は、すべての伏線（と思われる表記）にオチをつけるとは限らない。

この小説は、最後に事件が解決するとは限らない。
この小説は、最後に犯人が明らかになるとは限らない。
その方が、はるかに現実に起きる事件に近いにもかかわらず、多くの読者は、読むのをやめるだろう。本は投げ捨てられ、出版社に抗議の手紙が何通も届き、怒りの書評がそこかしこに掲載されるだろう。いや、その前に、出版社の担当編集者がＯＫを出さない。なぜなら、そんな推理小説は売れないからだ。

しかし――それでも私は、あえて挑戦しようと思う。
私の信じるリアリティに、
そして、オリジナリティに、
とびきり高い原稿料を、この作品に対して払わせてみせる。

――著者は、この部分を最後に読み返し、それから封筒へと入れた。封筒の表紙に、「『推理小説・上巻』在中」と書いて。

3

取調室に入れられてから、一〇分ほどが経過していた。

生まれて初めて入った「取調室」——それも、取材ではなく、事件の参考人として。瀬崎は、そんな自分の今の精神状態を、ありとあらゆる角度から調べ、数値化出来たらと考えていた。血圧。脈拍。発汗。

正面からは、美しい女刑事が、じっと瀬崎の目を見つめている。逸らす気配がない。

瀬崎も、じっと彼女の瞳を見返す。

殺人事件の容疑者となった時、男ではなく女の、それもこんな美人の女刑事に取り調べられる確率はどのくらいだろうかと考える。そういう意味では、自分はとてもツイているのかもしれない。もっとも、こんなことを考えているのがバレたなら、確実に自分に対する心証は悪くなるだろうが。

「突然、栗山さんが血を吐いて倒れたんですね」

長い長い見つめ合いの末、女刑事はようやく尋問を始める。

「ええ」

瀬崎は、自分が目撃したすべてを正直に女刑事に話す。

岩崎書房主催の「BUNGAKU新人賞」授賞パーティ。

今まさに、選考委員長の久留米隆一郎の挨拶が始まろうとしていた。

栗山創平は、手にしていたシャンパン・グラスを突然落とす。

コンマ五秒か、それとも一秒後か。

栗山の口から、赤い霧がパッと散る。

そして、一枚の板が倒れるかのように、ヒルトップ・ホテルの絨毯の上に、栗山は倒れる。

既に絶命していたのだろう。栗山はピクリとも動かない。

口元から流れ出る血。

悲鳴。絶叫。混乱。

最初に、倒れた栗山に駆け寄ったのは瀬崎だった。

「栗山！　栗山！」

呼びかけながら、どこか、現実の出来事ではないような気がしていた。

「栗山――――ッ！」

それでも呼んだ。瀬崎は栗山の名を呼んだ。それ以外に、何をすればいいのか思いつかなかったのだ。

「栗山さんとは、何か、お話をされましたか?」

「しました。パーティの始まる前に少し」

「……」

「面白い話があると言ってました。ふたりきりで話がしたいと」

「面白い話?」

「ええ。でも、詳しい話はあとで、と。私がその場でいくら聞いても、『詳しい話はあとで』としか」

「では、結局、何の話かわからないのですか?」

瀬崎は、肩をすくめる。

見ようによっては、不謹慎に思われる可能性もある。その証拠に、デスク脇に立っているもうひとりの刑事——若い男だ——は、あきらかに不快そうなしぐさを見せた。が、女刑事は、表情ひとつ変えない。ただ、瀬崎をじっと見つめている。

「彼は、ひとつだけ私にヒントをくれました」

「ヒント」

「TとH。それがヒントだと栗山は私に言いました」

「TとH……」

「ええ」

「瀬崎さん。そのTとHについて、何か思い当たることは？」

「ありません」

「……」

「ずっと考えているのですが、何も思いつかない」

「……」

女刑事は再び沈黙を選択する。目は逸らさない。もしかしたら、自分の目の奥の網膜の模様から、彼女に思考を読み取られている可能性もある……そんな妄想が、ふと瀬崎の中をよぎる。

女刑事の名前は何だったか。

――そうだ。雪平だ。

雪平夏見。

雪平は、ビニール袋に入った本の栞を取り出す。

つい一時間ほど前に、瀬崎はそれを見た。自分の手で触れた。

アンフェアなのは、誰か

「これは、あなたのスーツのポケットに入っていたものですね？」

「はい」

「なぜ、この栞がポケットに」

「わかりません。身体検査をされるまで、そんなものがポケットに入っているなんて気が付きませんでした」

「朝、そのスーツを着た時には入っていなかった？」

「わかりません」

「昼間のお仕事中は、スーツの上着は椅子にかけていた？」

「はい」

「会社を出てパーティ会場に向かう時には、もうこの栞はありましたか？」

「わかりません」

「……瀬崎一郎さん」

「はい」

「あなた、変わってますね」

女刑事が、初めて微笑んだ。

違う日に、違う場所で、違うシチュエーションで同じセリフを言われていたら、惚れられたのかもと誤解してしまいそうな微笑みだった。いや、逆かもしれない。こちらが、惚れてしまうのかもしれない。

「どこがですか？」

努めて冷静に聞き返す。

「あなた、この取調べの間中、ずっと私から目を逸らさない」

「はあ……」

――それは、あんたが見つめているからだよ。

「どんなに普通の人でも、秘密にしておきたい疚《やま》しいことがひとつやふたつはあるものです。殺人犯ではなくても、警察の取調べのせいで、何か別のことが発覚してしまうかもしれない。たとえば、過去の駐車違反を無断でバックレたこと。会社の経費を多少ごまかしていること。家族には内緒の女性関係があること。インターネットで不法に何かをダウンロードしていること。だから、みな、緊張します。目を逸らします」

「……」

「なのにあなたは――目の前で長年の知り合いが殺され、ご自分のスーツのポケットからは犯人のメッセージ・カードが出てきたというのに、実に落ち着いてる」

「……」

「なぜですか？」

「……」

∞

表情の読めない男だった。決して、無表情なのではない。どちらかというと、無防備に心を相手に晒しているかのようにさえ見える。それなのに、読めない。わからない。

「なぜですか？」

もう一度、雪平は、瀬崎に畳み掛けた。

目の前で長年の知り合いが殺され、自分のスーツのポケットからは、犯人のメッセージ・カードが出てきたというのに、どうしてそんなに落ち着いていられるのか？

「落ち着いてなどいませんよ。大いに動揺してます」

動揺のかけらも表現せずに彼は言う。

「死んだ栗山とは、同い年でしてね。ぼくは社を替わったけど、どこか同期の連帯感みたいなものを感じていました」

「……」

「ただね——哀しいからといって、これみよがしに泣いたり喚いたり——そういうの、リアルじゃない気がするんですよ」

「リアル？」

「何かのドラマで見たシーンをなぞってる。誰かが決めた安いマニュアルに従うことで、安い役柄を演じることで、いくばくかの安心感を得ようとしている。そんな気がしてならないんです」

「……」

「人間は、哀しくたって笑いますよ。極限状態でも腹は減る。人を殺した人間が、みんながみんな、毎夜、罪悪感から悪夢にうなされてるとは思えない」

「……」

「ぼくは動揺している。友人を突然失って哀しんでいる。でも、その動揺をあなたがたに理解してもらうために説明的に振る舞うことはしない。そういうのって、なんていうのか――」

ほんの少しだけ、言葉を選ぶような間があった。

見つめる瀬崎の視線に、何かを試されているかのような感覚を雪平は覚えた。

「下品」

とっさにその単語が雪平の口から出た。

「そう、それ」

瀬崎が微笑む。悪戯仲間を見つけたガキ大将の笑顔だ。

「ぼくにはね、そういう説明的な振る舞いって、下品に思えて仕方がないんですよ。でも、なかなか理解されないんですよね」

インテリな風貌と話し方の裏側に、こんな無邪気な笑顔を隠し持っているとは思わなかった。

「瀬崎さんって、面白い人ですね」

「よく言われます――いろんな意味で」

「説明的に振る舞ったほうが、警察への心証はいいかもしれませんよ?」

「仕方ないですね。自分の生き方は曲げられない」

「この栞、どういう意味だと思います?」

「は?」

「アンフェアなのは、誰だと思います?」

「……」

「……」

「……自分を、正義の側と信じて疑わない人間でしょうね」

「?」

「アンフェアな行為というのは、いつも、『正義』の名のもとに行われる」

「……」

朝食のメニューでも答えるかのように、瀬崎はさらりとそう答えた。あまりにも普通に答えられたせいで、質問した雪平の方が、逆に言葉を失った。こんなことは、初めてだった。取調べの最中に、雪平がイニシアチブを失うことなど、今まで一度もなかった。

その時だった。

ドアが開き、一課長の山路が顔を出した。

「雪平、ちょっと」

何か、事件に新たな展開が起きたことは明らかだった。

良いことか。

それとも、悪いことか。

大局的には、たぶん、悪いことだろう。が、とりあえず雪平は、自分の今の混乱を瀬崎に感づかれずに済む幸運を喜ぶことにした。

「しばらくお待ち下さい」

それだけ言って、外に出た。

4

主は留守の、瀬崎の部屋。

電話のベルが鳴っている。

コール五回で留守録機能は作動する。

「瀬崎です。ただいま留守にしております。発信音の後にメッセージをお願いします。FAXの方は、そのまま送信ボタンを押してください。(発信音)——」

若い男の声で、メッセージが吹き込まれる。

「——これは、復讐です。瀬崎さん。あなたに対する復讐です」

5

「彼女、どういう方なんですか?」

瀬崎は、取調室に残された若い刑事に尋ねてみた。別に、沈黙は苦手ではないが、かといって、積極的に好むわけでもない。

「捜査一課のエースですよ。検挙率ナンバーワン」

しばし、ためらったあと、その新人くん――と、瀬崎は安藤を値踏みした――は、用心深くそう答えた。瀬崎の質問の意味がよくわからなかったようだ。もしくは、いくらかでも新たなプレッシャーを、瀬崎にかけようとしたのかもしれなかった。

どう言葉を置き換えようか考える間もなく、雪平はすぐに戻ってきた。手に、厚さ三センチほどのＡ４の紙束を携えて。

「瀬崎さん、お勤めは出版社でしたよね」

「はい」

「たった今、妙な小説が出版各社と警察に届きました」

「小説？」

「ストーリーが、今回の一連の殺人事件と同じ。しかも、犯人か警察関係者しか知り得ない情報が詳細に書かれています」

「へええ」

「へええ？」

「あ、不謹慎な相槌でしたか？」

「いえ。ただ、あまり驚いた雰囲気がなかったので」

「いえ、驚いてますよ」

――本当のところ、驚いてはいなかった。

雪平は続ける。

「そのうえ、次の殺しの予告まで」

当然の展開だろう。

「次の被害者は二二歳の女子大生——これはそのコピーです。この小説に見覚えは？」

雪平は、瀬崎から見やすいように、紙束を自分の豊かな胸の前に掲げた。

表紙に『推理小説・上巻』と書かれている。

「その署名……」

「そうなんですよ。これ、栗山さんの出されたヒントと同じですよね」

∞

雪平は、表紙の左下に記された著者名を、わざと大げさに叩いてみせた。

「T．H」

「そう。T．H」

瀬崎の目が、少しだけ大きく見開かれた。

この男が犯人なのか。それともそうではないのか。揺さぶるなら今だ。雪平は、椅子から立ち上がった。

「犯人は、この小説の続きを落札するよう要求しています。期限は一週間。毎朝読の各紙に入札金額を掲載のこと。最低入札金額は三〇〇〇万円」

瀬崎が、初めて自分から目を逸らした。

「冒頭のシーン、読みますね」

「……」

返事がない。構わず読む。

新宿区のほぼ中ほど。

「六月一四日（月）雨。

繁華街の喧騒から離れ、辺りは静まり返っていた。

建設途中のまま、何年も放置されているビル。部屋の半分以上が未入居と噂されている新築マンション。更地にはしたものの、買い手がつかないまま雑草だらけになっている地所。そんな、未だ解消されないバブルの遺産たちを横目に眺めながら、龍居まどかは早足で歩いていた。

門限の二二時を、一五分ほど過ぎてしまっている。

梅雨特有の湿った空気が、夜の冷気に押されてじっとりとまどかの制服にまとわりつき、彼女の行き足を邪魔していた。シャンプーのコマーシャルに出られそうな、自慢のサラサラの黒髪が、額に張り付くのも不快だった。

——今日こそ早く帰るつもりだったのに、もう。

まどかは、ひとり、つぶやく」


薄い壁一枚隔てた隣の取調室では、山路以下、このヤマを担当する主だった刑事たちが、マジック・ミラー越しに、瀬崎の反応を凝視していた。

「あの雰囲気だとシロ、ですかね」

小久保がつぶやく。

「……まだ、わからん」

山路がつぶやく。


「こんな箇所もあります。瀬崎さんには、とても興味深いと思います」

雪平は澱みなく話し続ける。相手のペースを乱せ。イニシアチブを取り戻せ。この男が犯人であるにせよ、ないにせよ、事件は確実に、この男と何らかの関係はあるのだ。いくらパーティ会場が混み合っていたからといって、誰かのスーツのポケットに本の栞を押し込むという行為は相当にリスキーだ。単なる無差別殺人で、そして、単に、栞のメッセージを事件現場に残したいだけなら、そっと会場の絨毯の上に落とすだけで事は足りる。

「ぼくに、興味深い？」

雪平は、再び、その問題の小説を読む。

「——さあ『S』、思い知るがいい」

「S？」

構わず読み進める。

「男はキーボードを叩く。S！　S！　S！　自分の命と引き換えに、男はこれからSに復讐をするのだ。この世で考えられるうちでもっとも過酷な運命を、このSに背負わせてやるのだ。男は、自分の『遺書』を読み返す。よく、書けている。やはりおれには才能がある。あとは、仕上げだ。最後の一歩を踏み出す勇気だ。ナイフを使おう。薬も使おう。そして、ロープを首に巻きつけよう。可能な限り多くの手段を、自分自身で試してみよう」

「……」

舞台女優が、渾身の長台詞のあとに、どうだとばかりに客席を見据えるように、雪平は、瀬崎に向かって、ゆっくりと視線を移した。

「なるほど。確かに興味深い」

肩をすくめ、小さな苦笑いを瀬崎は浮かべる。気のない女から愛を告白された時、男はこんな表情をよく見せる。

変わっている。

「最初の殺人の凶器はナイフでした。そして今度は毒薬。ということは、次はロープかしら」

一応、言ってみる。

「Sという頭文字の人間は、ぼくだけじゃないですよ」

「でも、栞はあなたのポケットから出てきたんですよ？」

「……」

「……」

切れるカードは、すべて切った。言うべき材料がなくなり、雪平はまたしても瀬崎と見つめ合うことになった。夫との離婚に至る一年間――その間に夫と目を合わせていた時間の総合計を、瀬崎とは、たった一回の取調べで超えてしまっていた。

6

久留米と、その秘書の茉莉は、帰宅の許可が出されたあとも、そのまま事件の起きたホテルのラウンジに残っていた。選考委員長として挨拶するため、パーティ会場のひな壇近くにずっと詰めていたので、栗山殺害のチャンスはほとんどなかったであろうこと。著名人ゆえ、逃亡のおそれがないこと。その二点を考慮され、わざわざ署まで同行してもらう必要はなしと判断されたのだ。

事件発生直後の狂乱と喧騒は既に去り、今は、鑑識と思しき連中が、地味な仕事を地味に淡々とこなしていた。

久留米は、ずっと押し黙ったまま、パーティ会場の中が見える、ラウンジ隅のソファに座っていた。

陽気で饒舌な彼にしては珍しく、沈鬱な表情がいつまでも崩れない。

「すみませんでした。ハンディ・ビデオ、持って来ておくべきでした」

「そんなことは、どうでもいい」

「……」

「栗山くんとは、まんざら知らない間柄でもない。たぶん、録画したところで、見返す気にはなれなかったと思う」

「……」

深い深いため息を久留米はつく。

「きっと、それがおれっていう作家の限界なんだろうな」

「先生?」

「錬金術と同じさ。くず鉄から、金は生まれない。いくら、それらしい雰囲気を演じても、根が平凡な人間は、狂気を身にまとうことはできない」

「……」

「それが、今日、しみじみとわかった」

本気で落ち込んでいるように茉莉には見えた。栗山への友情が原因ではなさそうだ。普通の人がみたら十分先生はヘンですよと言おうかとも思ったが、それはたいした慰めにはならないだろう。

さて、では何と言うべきか。


「先生。今夜、久しぶりにどうですか?」

「何が?」

「セックス」

一〇点満点に換算すると、せいぜい二点か三点の効果しかないだろう。でも、それだって〇点よりはましなはずだ。茉莉はそんなふうに自分を肯定してみた。道は、前向きな思考からしか拓《ひら》かれない。

　さて、それに対する久留米の回答は――


「小沢くん。君の方が、作家に向いてるよ」

そういう言葉が聞きたかったわけじゃない。

よっこらしょ、という掛け声が似合いそうな感じで、久留米がソファから立ち上がる。そんな格好の悪さも、いつもの久留米らしくない。帰る気になったのか。飲みにいく気になったのか。それとも、その気になったのか。

「……小沢くんさ。人を殺してみたいと思ったこと、ある？」

まじめな顔で久留米が聞く。

「ない人なんて、いるんですか？」

茉莉もまじめに答える。人を殺したいと思ったことなんて、何度でもある。たとえば、久留米先生、あなたがそうだ。私は何度、アナタヲ殺シタイト思ッタコトカ……

「ところがいるんだな。誰にも殺意を持ったことのない人間が。たとえば、このワタクシ」

「……」

「だからね。正直言って、殺人犯の心なんて全然わからない。わからないから、おれの書くミステリは、いつも軽くてお手軽なんだ。パンケーキでも焼くみたいに、無責任にホイホイ書ける。考えたってわからないのを知ってるから、開き直って何でも書ける——いや、書けた、か」

「ご自分のお仕事を、そんなふうにおっしゃるものじゃありません」

一〇点満点で〇点の励まし方だ。

「知りたいな」

「……」

「一度でいいから。本物の殺意ってやつを」

切なそうに、遠くを見つめる目で久留米は言う。

非凡でありたいと願い続けた平凡な男。それが久留米。芸術家になりたいと願いながら、商人にしかなれなかった男。それが久留米。売れることがすべてだと公然と言い放ち、豪放磊落な風を装いながら、夜な夜なネットの掲示板に書き込まれる自作への批評——たいていは、単なる罵詈雑言——に胸を痛める小心さ。誰もが唸る斬新な傑作を書きたいと願いつつ、作風を変えると売り上げが落ちるのではないか、売り上げが落ちると、今、自分にちやほやしている連中が一斉に掌を返すのではないか、そんなつまらぬ心配をしたり、そんなつまらぬ心配をしている自分を嫌悪したりする男。それが久留米。

では、私は、久留米のどこに惹かれて、ずるずると男女の関係を続けてきたのだろう。

茉莉は、いつもそこまで考えたあたりで思考を停止する。

考えても仕方がない。考えたところで、結論が変わるわけでもない。

「先生。殺意なんて、持とうと思えば簡単ですよ」

もう一度、茉莉は、久留米を励ますことにチャレンジする。

「そうかな」

「ええ。誰かを本気で好きになれば、一日に三回は持てますよ」

――殺シタイ。イッソ、殺シテシマイタイってね。

7

同じ頃。

田口と美樹のふたりは、事件現場から徒歩で一〇分ほど離れたところでたまたま見つけた、こぢんまりとしたラーメン屋に入っていた。

警察からは、簡単な事情聴取をされただけで帰宅の許可が出た。

被害者の栗山と顔見知りではないと供述したこと。理恵子を含め、三人全員が学生証を持っていたので身元が確かであること。会場では常に三人一緒に行動していたため、栗山殺害の可能性が極めて低いこと。以上の三点が、彼らを署まで同行の必要なしと判断させたようだった。

「フッフッフ。殺人事件の現場に居合わせちゃうなんて。フッフッフ」

野菜ラーメンの大盛りを食べながら、美樹はすこぶる上機嫌に話す。

いつのまにか、理恵子が消えてしまったことなど、どうでもいいらしい。もしかしたら、自分たちふたりに気を遣って姿を消したのかも、というくらい、目の前の女は楽天的に考えているのかもしれなかった。

「ま、欲を言えばさ、寿司とロースト・ビーフと、あと、フォアグラのテリーヌを食べたあとに事件が起きてくれてたらなおよかったのに。フッフッフ」

「そうだな。で、毒入りのシャンパンを、あの男じゃなくて、おれが飲んでいたかもな」

箸を置き、水を一口飲む。田口の頼んだ醤油ラーメンは、煮干の風味がきつ過ぎて、全く彼の舌には合わなかった。この手のラーメンを、ニュー・ウェイヴ系ラーメンなどと言ってもてはやしている連中の気がしれないと田口は思う。もちろん、殺人事件直後で、今、食欲がないことを差し引いたとしてもだ。

「あるいは、美樹が飲んでたかもしれない」

「私は飲まないわよ」

「どうして」

「誰かから恨まれたりしたことないし」

「無差別殺人かもしれないだろ」

「でも、飲まない。私、運、強いし」

運か……運。では、このおれの運はどうなのだろう。

田口は、警察相手についてしまったふたつの嘘を思い返す。

栗山とは、本当は面識があった。いや、面識があったどころではない。事件が起きるほんの六時間ほど前、田口は栗山とふたりきりで、一時間以上話をしたのだ。

警察は、栗山の携帯の通話記録を調べるだろうか。調べるだろう。いや、大丈夫だ。田口は、栗山の携帯にではなく、音羽出版の編集部に電話をかけた。携帯番号はその後教えてもらったが、まだ一度もかけてはいない。

栗山は、自分の携帯に、田口の携帯番号やメルアドをメモリしただろうか。それはわからない。したかもしれない。していないかもしれない。していれば――すぐにまた警察が自分のところにやってくる。そして、偽証の理由を、今度は厳しく追及されることだろう。

――――でも、

田口の思考は、同じところを巡る。

ある程度のリスクは仕方がないのだ。今、田口が持っている唯一のカード。彼の人生を大きく切り開いてくれるかもしれない、現時点での唯一の切り札。それを、ただで警察にくれてやるわけにはいかないのだ。

そう。

ある程度のリスクは仕方がない。

8

同じ頃。

粕谷理恵子は、ひとり、連続殺人事件の合同捜査本部が設置された新宿署のそばにいた。

シミュレーション①。

捜査本部に駆け込み、知っていることをすべて話す。「T. H」を名乗る相手からの二通のメールも見せる。

ひとつは、新宿区戸山公園で起きた、連続殺人事件の前日に来たもの。

「明日、ふたつの命と引き換えに、ぼくの才能は甦る」

もうひとつは、今日——それも、栗山変死のほんの一分前に届いたもの。

「今夜でみっつ。愛する君の目の前で」

刑事たちはしつこく聞くだろう。「T．H」とは誰なのか。「T．H」とはどういう関係なのか。そして、私は渋々話すことになる。二年前の事件。呼び出された夜。身勝手な告白。そして、何よりも忌まわしいあの記憶。誰にも話したことのない、人生の汚点。あんな男、とっくにどこかで死んでいると思っていた。二年間も行方不明でいて、なぜ今急に。

いや、そんな理由など今はどうでもいい。

「T．H」が真犯人なら、警察は彼を捕まえるだろう。マスコミは派手な報道合戦を繰り広げ、彼の逮捕のきっかけ、つまりは私の存在、私と彼との過去を興味本位に暴く——だめだ。そんなことは耐えられない。そんなことになるくらいなら、いっそ死んだ方がマシだ。

シミュレーション②。

このまま、すべてのメールを消す。「T.H」のことは、再び忘却のかなたへと押しやる。

そして——四人目の犠牲者がもし出たら、私も間接的な殺人犯ということになる。いや、最初のメールを警察に届け出なかったことで、既に私は殺人の片棒を担いでいると言えなくもない。その割りに胸が痛まないのは、それは、犠牲者がアカの他人だからだ。そんなこと、絶対に口には出せないが。

シミュレーション③。

公衆電話から、一一〇番で「匿名のタレコミ」をする。

「連続殺人事件の犯人かもしれない人間を知っています」

「彼は、W大学のミステリ研究会にいた男です」

「二年前、突然、失踪して、それきり彼の姿を見た人はいません」

「彼の名前は、平——」

理恵子は唐突に強い吐き気に襲われた。

道端にかがみ込んで、せり上がる胃液をぶちまける。昼からずっと何も食べていないので、具は、何もなかった。あの男の名前を思い出すだけで、顔や声や、そして体臭を思い出すだけで、理恵子は吐く。反射的に吐いてしまう。

シミュレーション③を選択しよう。今日である必要はない。落ち着いてから。警察はタレコミ電話を録音するのだろうか。わからない。念のため、ボイス・チェンジャーを買うことにしよう。ネットで調べて、なるべく自宅から遠い店で買う。そして、買うときはサングラスをかける。

結局、新宿署の前を一〇分ほどうろうろしただけで、理恵子はついに中には入らなかった。

9

恋かもしれない——

唐突に、そんな言葉が脳裏をよぎったので、声を立てて笑ってしまった。

今、自分がしていること。

これから自分がしようとしていること。

それらと、「恋」という単語が、ひどく不似合いに思えたから。

でも――

私はすぐに考え直す。

不似合いどころか、これほど近しい関係のものもないかもしれない。

恋したり、恋されたり、殺したり、殺されたり。どちらも、理屈を超えたところにフィジカルな求め合いがある。

クックツ笑っていたので、傍らにいた男が不審そうな顔をする。

そう。

私の傍には、男がいる。

さっきから、もうずっと――嘘ではない。

もっとも、嘘が書いていないからと言って、そこに罠が潜んでいないとは限らない。

わかるだろうか。

フッフッフ。

私は、久々の恋の予感に心をときめかしつつ、冷静に次の殺人について考える。

次は、ロープを使う。
二二歳の女子大生の細く白い首を、私は、ロープで絞める。

第四章　影を踏む

1

花井透、二八歳、フリーター。

彼のもとに、「BUNGAKU新人賞」受賞を知らせる電話が来たのは、授賞パーティのちょうど三週間前だった。

花井は、その一分後には故郷の福井に電話をかけ、自分のこれまでの選択——せっかく就職した東証二部上場企業を半年で辞め、役者になろうとしたり、脚本家になろうとしたり、映像作家になろうとしたりと試行錯誤を重ねながら、結局、一番元手がかからないという理由で小説家を目指したこと——が正しかったことを自慢し、ついでに、授賞パーティで着るスーツを買うための金の無心をした。

スーツは、コナカやアオキではなく、迷いに迷った末、エンポリオ・アルマーニを思い切って購入した。少し気が早いかなと思いつつ、店長との折り合いが悪かったコンビニでのバイトを辞めた。「BUNGAKU新人賞」の賞金一〇〇万円と、出版される受賞作の印税で、第二作を書き下ろすまでは食いつなげるだろうというのが花井の判断だった。それは、非常に甘い判断ではあったが、彼を止めてやる人間は周囲にはいなかった。

福井の母親は、花井本人よりも更に舞い上がっていた。

東京に行ったきり、人生から落伍したままかと諦めかけていたひとり息子が、いきなり「BUNGAKU新人賞」受賞である。母親は、さっそく定期預金を崩して、まずは東京の息子にスーツ代を送金してやり、残った金で、近所の電器屋が力強く薦める最新式のデジタル・ビデオ・カメラを買った。もちろん、授賞パーティにあわせて上京し、息子の一世一代の晴れ舞台をくまなく録画するためである。

授賞式の開始三〇分前から、花井の母親は、デジタル・ビデオ・カメラを回し始めた。

まず、授賞パーティの行われるヒルトップ・ホテルの外観。玄関。「第三六回BUNGAKU新人賞　授賞パーティ会場」の看板。受付の女性たち。客。客。客。そして、彼らを待ち受ける主催社の社員たち。会場の天井。ぶら下がっている古いシャンデリア。大理石のトイレ。料理のケータリング・サービスの、そのメニューのひとつひとつ。週刊誌で顔写真を見たことのある有名作家と、その隣にいるパリ・コレのモデルのような秘書。とにかく、ありとあらゆるものを花井の母親は撮り続けた。息子の透が出てくれれば、あとはずっと息子にカメラを向けるつもりだったのだが、不幸にして、このパーティはまず最初に選考委員長挨拶があり、主催者挨拶があり、そして、選考委員長に名前を呼ばれて、初めて受賞者が舞台袖から壇上に姿を現すという趣向になっていた。

そんなわけで、花井は、せっかくのエンポリオ・アルマーニのスーツ姿で壇に登ることが出来なかった。母親は、息子の晴れ姿をビデオ・カメラに収めることが出来なかった。

その前に、栗山創平が死んだからである。

毒入りシャンパンを飲んで。

真っ赤な血の霧を吐いて。

最初の悲鳴が上がったとき、花井の母親は、ビデオ・カメラごと悲鳴の方向に振り向いた。

血の霧は既に舞っていたが、栗山はまだかろうじて二本の足で立っていた。母親は、予想外の出来事に全身金縛りのような状態に陥ったが、ビデオ・カメラは、当然のことながら、平常時と同じ性能を発揮し続けた。

花井の母親の持つ画像の価値に最初に気付いたのは、パーティに招待されていた首都テレビのディレクター・青木だった。彼は、花井の母親のすぐ後ろにいたため、彼女のビデオ・カメラのモニタ画面から、いかに栗山の死がリアルに撮影されているかを目の当たりにしていたのだ。

――特ダネになる。

悲鳴と怒号うずまくパーティ会場で、青木はいきなり花井の母親に自分の名刺を差し出した。母親は、殺人事件を目撃したショックで判断停止状態に陥っていたので、何のリアクションも出来なかった。青木はそんな母親に「ニュース」「公共性」「社会正義」などの適当な単語をマシンガンのごとくぶつけながら、彼女の手にあるビデオ・カメラを奪い取った。

「後ほどお返しします。その名刺の番号にお電話ください」

それだけ言い捨て、青木は走った。警察に見つかれば、このビデオは押収される。今、このビデオをどさくさに紛れて持ち出せば、今夜の「ＮＥＷＳ22」でオンエアできる。

クロークに預けてある自分の荷物はいったん諦め、青木はそのままホテルの外に走り出た。

一一〇番通報を受けたパトカーが、道の右からも左からも来るのが見える。

――走ったらだめだ。歩け。

息を整え、歩く。

――俯《うつむ》くな。野次馬気分丸出しで、やつらを見つめろ。

青木は、駆けつけた警官たちを見つめる。ひとりの警官と目が合った。

「何かあったんですかァ?」

わざと間の抜けた声で聞いてみた。その警官は、青木の質問を無視してホテルの中に入っていった。

――鼻の利かないやつらだ。

こうして、その日の夜一〇時から、首都テレビの「NEWS22」で、栗山の死の瞬間の映像が全国に配信された。

オンエアまでには、警察番の記者たちから、「青酸ナトリウムによる毒殺」「『アンフェアなのは誰か』という本の栞の発見」、つまりは、今回の栗山創平の死が、ほぼ確実に連続殺人事件の一環であるという情報も集まって来ていた。

各局とも、栗山の死をトップ・ニュースで扱ったが、視聴率的には、「殺人の瞬間」の映像を独占している首都テレビの圧勝であった。豊田商事事件、オウム幹部刺殺事件に続く、演出なしのホンモノの殺人映像に、日本の視聴者たちは興奮した。

そんなわけで、瀬崎一郎が取調室から解放された事件翌朝には、今回の事件に関するマスコミの報道合戦は、プチ・バブルの様相を呈していた。

連続殺人犯手製の本の栞が、瀬崎のポケットから発見されたこと。その瀬崎が、パーティの始まる前に被害者の栗山と何やら密談している風景が花井透の母親のビデオに録画されていたこと。そして、犯人が書いたと思しき『推理小説・上巻』に、Sという人物が名指しされていること。それらの情報もすべて、前日の夜のうちに、マスコミの間にすっかり行き渡っていた。

テレビ中継車、リポーター、カメラマンなどマスコミが多数、思い思いの陣形を敷いて、瀬崎が釈放されるのを待ち構えている。

「あ、今、出てきました」

新宿署の玄関を一歩外に出た途端、瀬崎は、自分に向かって自称ジャーナリストたち——瀬崎は、現在の日本にはジャーナリズムは存在しないと思っている——が津波のように押し寄せてくるのを見た。

他人がやられているのは毎日のようにテレビ画面で見ていても、いざ自分がやられてみると、反射的に恐怖を感じてしまうものらしい。

——ひとつ、学習。

そうつぶやく暇もなく、瀬崎は一斉にフラッシュをたかれ、マイクを持ったリポーターや記者に取り囲まれた。

それぞれがそれぞれの質問を、好き勝手にわめく記者たち。

「瀬崎さん、事件発生から一五時間も経ちましたが、何を聞かれていたんですか？」

「被害者の栗山さんとはご友人だったんですよね？」

「出版社に殺人予告と思われる小説の前半が届いてますが、ご存じですか？」

「T．Hに心当たりは？」

「文中のSというのは瀬崎さんのことですか？」

「次の殺人を止めるためには、小説の続きを三〇〇〇万円で入札しろとの犯人側の要求を、どう思われますか？」

瀬崎は、立ち止まり、マイクを彼に向けている取材記者たちの顔を、ひとりひとりじっと見た。

記者たちは、自分の顔をじっと見られることに慣れていないようだった。

彼らは、急に不安そうな表情を見せた。もしかしたら、自分の今している仕事の恥ずかしさについて、急に自覚が出来たのかもしれない。

「質問には、順番にお答えしたい。が、今日は私の会社で臨時会議が行われることになりまして、無制限に質問をお受けしている時間がありません。質問はひとりひとつに絞って下さい」

紳士的、かつ、理路整然とした宣言だと瀬崎は思ったが、取材記者たちは、不当に叱られた子供のように黙り込んだ。おそらく、彼らには聞きたいことなんてないのだ。ただ、取材相手を小突き回し、その精神をかき乱し、思わぬリアクションを起こしてしまう瞬間を撮影さえ出来ればいいのだ。報道するにあたっての方針なんてものは、あとから考えればいい。新聞なら、嘘をつかずに文意はいくらでもずらせるし、テレビには「編集」という強力な武器がある。

「瀬崎さん、事件発生から一五時間も経ちましたが、何を聞かれていたんですか?」

しばしの間があってから、一番右端の記者が、貧乏くじを引かされたかのように質問をしてきた。

「警察から、取調べ内容については口止めされているのでお答えできません。はい、次の方」

　隣は、若い女性のレポーター。

「被害者の栗山さんとはご友人だったんですよね？」

「ええ」

「今のお気持ちは？」

「あなたの頭の中を覗いてみたい」

「は？」

「はい、次の方」

　隣はメガネ。

「出版社に殺人予告と思われる小説の前半が届いてますが、ご存じですか？」

「聞きました」

「どう思われます？」

「何を？」

「小説が届いたことについて」

「へえええって感じです」

「へえぇ……ですか？」

「(無視して) はい、次の方」

その隣は、整髪料をつけすぎの男。

「瀬崎さん、T．Hという人間に心当たりは？」

「ありません」

「文中のSというのは瀬崎さんのことですか？」

「そうかもしれない」

「えっ？」

急に、辺りの温度が上がる。

「そうでないかもしれない」

すぐに温度は下がる。

「Sが誰か、私にわかるわけがない」

ブルーのシャツにイエローのネクタイを着けた男が前に出てくる。

「もしかしたら、犯人は、瀬崎さんを狙っていたのかもしれませんよね」

「……」

「犯人は、その小説の中で、一連の犯行は、Sという人物への復讐だと明言してますし」

「……だったら？」

「となると、死んだ栗山さんは、瀬崎さんの身代わりになって亡くなられたって可能性もありますよね」

「ありますね」

「そのことについて、今、どんなお気持ちですか？」

正直に答えてはいけない質問なのはわかっていた。

でも、無難で奇麗事の答えで逃げるのが、瀬崎には出来なかった。

──あの女刑事と、一晩、話したせいだ。

──たぶん、そうだ。

──何が下品で、何が下品でないか、あの女刑事と話をした。

──女刑事は、言った。

──「説明的に振る舞ったほうが、警察への心証はいいかもしれませんよ？」

──そして、おれはこう答えた。

──「仕方ないですね。自分の生き方は曲げられない」

我ながら、気障な答え方だったとは思う。でも、気持ちに嘘はなかった。自分には自分の生き方がある。今までは、それを曲げることもあった。曲げたことの方が多かったかもしれない。曲げるたびに、胃の底に石が沈むような不快感を感じ続けた。そして──自分を変えることにしたのだ。いや、もう変わったのだ。変えると決めた瞬間から、人は、既に変わっているのだ。それに見合う覚悟さえあれば。

「栗山は、ツイてなかった――それだけのことだと思います」

瀬崎は、正直な気持ちをそのまま口に出した。

一瞬、静寂があり、それから、何かが壊れたかのように、取材記者は一斉に罵詈雑言をわめき始めた。もう瀬崎の言う「質問は順番に」「質問はひとりひとつ」などというルールは守られそうになかった。

瀬崎は、自分の今の行動が賢かったかバカだったかについて考えた。

――バカだ。決まっている。

――でも、下品ではない。

――それで十分だ。おれは変わったのだ。

会議には遅刻しそうだが、それは不可抗力と思うことに瀬崎はした。

2

瀬崎と報道陣がもみ合いになっている頃、雪平は安藤を連れて、殺人事件の起きた

「BUNGAKU新人賞」のパーティ会場を訪れていた。

花や看板などは、既に片付けられていて、ない。

栗山の遺体の輪郭をかたどったマークだけが、雨上がりの夜に終バスに忘れられた五〇〇円のビニール傘のように、ひっそりと残されている。

雪平は、そのマークの脇に静かに立った。

思い浮かべる。

まだ生きている栗山。手にはシャンパンのグラス。自分で取ってきたものなのか、それとも、誰かから渡されたものなのか、いずれの証言も得られてはいない。

倒れたとき、彼はひとりだった。

彼は、瀬崎と約束をしていた。

選考委員長と、そして受賞者の挨拶が終わったら、そっとこのパーティを抜け、「TとH」について、面白い話をしようと瀬崎を誘っていた。

何の話だったのか。

それは、栗山創平という人間の人生に、どのような意味を持つ話だったのか。

雪平は想像する。イメージを膨らませる。栗山になりきり、手にしていたシャンパンを、飲む――

安藤は、何も考えていなかった。

正確に言うなら、事件のことは、何も考えていなかった。

新宿の戸山公園で起きた最初の殺人事件発生以来、安藤はまだ一度も自分の部屋に帰っていなかった。ロッカーに常備してあった替え下着はおととい使い切った。彼女――警察学校時代に合コンで知り合った彼女――の誕生日まであと一週間なのだが、レストランの予約もプレゼントの準備もしていない。それより前に、まだデートの約束さえ出来ていない。捜査中に私用電話は出来ないし、捜査中でない時間は毎日明け方のホンの数時間しかない。メールを何度か送ったが返事はない。もうこの関係はダメなのかもしれない。そんなことを安藤はグダグダ考える。ダメならダメでいい。自分で自分のことを女にはマメな方だと思っていたが、それはどうやらまちがった思い込みだったようだ。セックスの相手がいなくなるのは淋しいが……いや、それも、あまり淋しくない気もする。性欲というものを自分は忘れかけている。そういえば、もう二ヶ月ほど、していない。まだ、二〇代だというのに、この枯れ方はどうしたことだ。

安藤は、彼女の裸を思い浮かべようとした。

脳裏に現れたのは、つい最近拝んだ、雪平の裸体だった。

あの張りのある乳房は見事の一言だった。

自分は、あれに触ったのだろうか。触ったのかもしれない。そうだとしたら、その記憶だけは酒で洗い流したくはなかった。だからといって、改めて雪平とそういう関係になりたいかと問われれば、そんなことは断固としてないのだが。

突然、雪平が倒れた。

パタリと、一枚の板が倒れるように、何の受け身も取らずに、雪平は床に顔から突っ込んだ。大きな胸が平たく潰れ、そのまま何度かバウンドする。

「雪平さん……」

雪平は動かない。

「雪平さん!」

安藤は、雪平を助け起こそうとして、ふと気が付く。雪平の体は、栗山の遺体の輪郭をかたどったマークの中にきれいに納まっていた。これも儀式なのだ。

被害者が最期に見た景色を見たい——

埃っぽいホテルの絨毯に顔を突っ込んだまま、雪平は、持てる記憶力と想像力のすべてを動員していた。

血を吐いて、ゆっくり倒れる栗山。

イメージ。


辺りには、多くの人、人、人。

さあ、彼らの証言のすべてを思い出せ。

花井透の母親が、一心不乱にビデオ・カメラを回している。

(そのビデオは、ようやく首都テレビから警察に引き渡され、現在、担当刑事が四人がかりで、大画面とにらめっこをしている)

会場の隅では、二枚目の大学生がメールを打っている。

名前は——田口だ。

その両隣に、女子大生がふたり。粕谷理恵子。そして、橋野美樹。ふたりは何の話をしていた？　楽しそう？　それともつまらなそう？

「選考委員長の久留米先生が、私たちのサークルの先輩なんです。それで、いつもパーティの招待状をいただいてて」

久留米隆一郎といえば売れっ子だ。大学の後輩を毎年招待なんかするのか。やけに後輩思いの作家だ。少し気に留めておこう。

田口という男が二枚目で、理恵子という女も美樹という女も、そこそこかわいい。関係あるだろうか。気にしておこう。

美人といえば、その久留米隆一郎の秘書は、チャーリーズ・エンジェルにキャスティングされてもいいくらいの美人だ。

目の前で人がひとり死んだというのに、微塵の動揺も見せていなかった。

「何も見てません」

質問五回につき三回の割合で、彼女は無表情にこう答えた。

「何も見てません」

久留米本人のはしゃぎっぷりとはあまりに対照的だ。

「興奮したよ♪　なんと言っても、生の殺人現場だからね♪」

そういって久留米は白い歯を捜査陣に見せた。マスコミがあの場にいたら、不謹慎だと久留米を糾弾したことだろう。

「えっ？　栗山？　いや、私の直接の担当じゃなかったからね。個人的な付き合いはなかったね」

無差別殺人の可能性を、考えなければいけないのだろうか。

編集者・栗山創平、会社員・鈴木弘務、女子高校生・龍居まどか、そして「S」とだけ書かれた男――彼らのつながりがわからない。四人もの人間がいれば、関係ラインは理論上六本は引けるはずだ。なのに、依然として警察は一本のラインも見つけられずにいる。

受付嬢の証言を思い出す。

「招待状を持っていなくても中には入れたかもしれません。とにかく、すごい混雑でしたから」

そう。すごい混雑。まるで、午前八時過ぎの池袋駅の乗り換え並みの混雑。肩と肩がぶつかる。注意深くしていないと、なみなみと注がれたシャンパンをこぼして、誰かのスーツを汚してしまうかもしれない。

そんな、多くの人。

イメージする。

多くの人。

その中に、ひとり、シャンパン・グラスを手に立っている栗山。

会場の隅の田口、美樹、理恵子の所まで、人を掻き分け掻き分け歩いたら一分近くかかりそうだ。

久留米は、演壇の近くで、音羽出版の役員とずっと話をしている。役員の証言を信用するなら、久留米に栗山を直接殺害するだけのチャンスはない。秘書の茉莉は、久留米の傍から一度も離れていない。

瀬崎は――瀬崎はどこだ？

「死んだ栗山とは、同い年でしてね。ぼくは社を替わったけど、どこか同期の連帯感みたいなものを感じていました」

演壇を正面に見て、栗山から斜め左前に約一〇メートル。

血を吐いて倒れた栗山に、最初に駆け寄ったのが瀬崎だ。

イメージ。

パッと口元から広がる赤い霧。

ゆっくりと板のように倒れる体。小刻みに数回起きる痙攣。そして絶命。

一瞬の静寂。

そして、女性の客のあげる悲鳴。（誰が最初に悲鳴をあげたのか、わからない）

一同がみな凍りついたように固まる中、ただひとり、最初に被害者に駆け寄る男。

瀬崎一郎。

栗山の体を抱き起こし、そのスーツを血で汚す。

「栗山！　栗山——ッ！」

花井の母親のビデオには、その場面が、映画のワン・シーンのように映っていた。あれがもし演技だとしたら、ロバート・デ・ニーロも真っ青だ。

瀬崎と栗山。情報交換と称して、よく、ふたりで飲みに行く間柄。事件直前、瀬崎は栗山から誘われている。面白い話があると。ふたりきりで話がしたいと。ヒントは、TとHだと——TとHだと——TとHだと——

3

W大学の文学部の教室。

講義が終わったあとの空き教室で、田口はひとり、ノートPCに向かっていた。昼間は大学の空き教室。夜は、マンション近くのファミリー・レストラン。それが田口にとって、もっともしっくりくるワーキング・スペースだった。

小説は、クライマックスにさしかかろうとしていた。

恋人の復讐を見事に果たした真犯人は、ラスト、岸壁から身投げをしてすべての因縁にけりをつけようとしていた。警察より一足早く事件の真相に気づいた主人公の素人探偵は、友人以上恋人未満の相棒とともに、彼女の自殺を阻止すべく、クライマックスの舞台となる西伊豆の海岸へ車を疾走させていた——

と、誰かが近付く気配があった。

田口は、CTRL+Sキーを押して、そこまでの小説を上書き保存した。

「その原稿も、久留米先生に?」

相手は、声に、侮蔑の色をさりげなく滲ませながら、話しかけてきた。

もっとも、どれだけこの男から侮蔑されたところで、田口には痛くも痒くもなかった。この先、世に出るのは彼ではなく田口。人並み以上の金を手にするのも彼ではなく田口。欲しい女を手にいれるのも彼ではなく田口。だから、彼が何を言おうと、どれだけ軽蔑の念を顕《あら》わにしようと、田口は傷つかない。そして、そのことがわかっていない目の前の相手が、実に哀れでならなかった。

「そうだよ。これは、久留米先生の名前で出版される」

自分の手持ちの表情の中でも、一番爽やかな笑顔で田口は答える。

「デキには自信がある。下書きの段階で、久留米先生も絶賛してくれてさ」

「……恥ずかしくないのか?」

「何が?」

「ゴースト・ライターなんて、恥ずかしくないのか?」

相手は、簡単に語気を荒らげた。そういう子供っぽさが、おまえのだめなところなんだと田口は思う。

「恥ずかしくなんてないね」

田口は、ノートPCの電源を落とし、相手の男ときっちり向き合った。この甘ちゃんと絶縁する日が来たというだけの話だ。

「おまえと違って、人生賢く生きることに決めたんだよ、おれは」

「田口……」

「じゃあな、平井」

田口は、そのまま男を置き去りに、教室を後にした。

二年前のことだ。

置き去りにされた男は、そのまましばらく、ひとりで教室にいた。日がゆっくりと暮れ、彼の心を暗く暗く染めていった。

やがて、男は携帯電話を取り出した。

「逢いたい——T.H」

メール、送信。

安い電子音が、虚しく教室の中に響く。

4

英文学のゼミを欠席して、理恵子は、秋葉原へ。

ボイス・チェンジャーを買うのだ。ネットで検索して、販売店の当たりはつけておいた。

JRの駅から徒歩一分。ネジやらクギやらコードやらがひとつかみいくらで売られている――ように理恵子の目には見えた――細い路地を入り、S会館という古いビルを階段で四階へ。

フロアに入った瞬間に、理恵子は後悔した。

女の客などいないのだ。

独特のオタク臭を放つ男たちが、盗撮用のピンホール・カメラやら、その撮影データを飛ばす発信機やら、高圧電流を利用した護身具やらを、黙々と品定めしていた。

レジに並んだだけで、半年は店員に自分の顔を覚え込まれそうな気がした。

――まず、サングラスを買おう。

一昔前のタモリがかけていたような、でかくて真っ黒のやつがいい。髪はアップにして、帽子を被ろう。マスクはあまりにも目立ちそうだからやめておくとして、その代わり、終始、手で口元は隠そう。よし。そうしよう。

回れ右をして、理恵子は今来た階段を降り始めた。

その時だった。

理恵子の携帯が、メールの着信を彼女に知らせる。

「！」

美樹だろうか。今日、ゼミを休むことを連絡しなかったから。

美樹であってほしい。祈るような気持ちでメールを開く。

――違った。

二年前と、全く同じ文面のメールが、青ざめる理恵子を見つめていた。

「逢いたい――T．H」

忌まわしい記憶が、堰を切って理恵子に襲い掛かる。強引につかまれた腕。煙草と汗の臭いが染み付いたシャツ。ハアハアと劣情を顕わにする生温かい吐息。強引に口の中にねじ込まれてきた舌。唾液。胸をわしづかみにしてくる、爪の伸びた不潔な手。

気が付くと、男性用トイレの個室に駆け込んで、理恵子は吐いていた。そのビルは、女性用トイレは奇数階にしかなかったのだ。

――復讐してやる。

吐きながら理恵子は、突然、そう思い直す。警察より先に、あの男と会い、そして、殺す。そうすれば、それが出来れば、私はきっと、この苦しみから解放されるに違いない。

――そうだ。復讐だ。

5

犯人を名乗る「T.H」から、『推理小説』を送りつけられた出版各社。彼らの、当初の反応は極めて鈍かった。

三〇〇〇万円という最低入札金額がまず破格であったし、そもそも、殺人者に対して金を払うという行為自体、世間の理解が得られるとは誰も考えなかった。送りつけられた小説の一部分を抜粋して週刊誌の巻頭特集を派手にやり、と同時に、「自分たちは犯罪者の脅迫には屈しない」というT．Hを非難するコメントを併せ発表する。それが、すべての出版社に共通した姿勢だった。要は、ただで手に入れた原稿では出来る限りの商売をするが、自分たちの身銭は一円たりとも切る気はない——そういうことだった。

異変は、ネットの掲示板から始まった。

各社の週刊誌に載せられた一〇行二〇行程度の抜粋では飽き足りない連中が、「もっと読ませろ」と、ネット掲示板「2ちゃんねる」で騒ぎ始めた。書き込みは、一日で二〇〇〇以上を数えた。二日後、飢えたハイエナの群れに屍肉を放り込むように、何者かが『推理小説・上巻』の中から、鈴木弘務と龍居まどか殺害の描写シーンを書き込んだ。犯人、出版関係者、そして警察関係者しか読めないはずの部分だった。

被害者・鈴木弘務の目を抉る猟奇的な描写。

不運にもその場に通りかかり、怯える龍居まどかの描写。

首都テレビが繰り返し放送した栗山創平殺害シーンの記憶とあいまって、その前のふたつの殺人事件の描写は、単なる推理小説や犯罪小説に登場する殺害シーンの数十倍、数百倍のインパクトを読者に与える。掲示板の書き込みは一気にヒート・アップし、そしてそれは、次第に人間の悪意の展示会の様相を呈し始めた。

ある者は、龍居まどかの殺害シーンで、一日に七回オナニーが出来ると書き込んだ。

ある者は、『推理小説』を名乗るには殺害方法が平凡だ、もっと海外のサイコ・ミステリを見習えと書き込んだ。

ある者は、「T．H」あてに、自分が殺して欲しい二〇歳の女子大生を、実名と住所入りで書き込んだ。

ある者は、殺人事件というのは結局被害者に隙があるのだと一日に五〇回も書き込んだ。

それと同時に——彼らはそれを「祭り」と称していた——出版各社に『推理小説・上巻』の全文を掲載するよう求めるメールが殺到した。

警察は、「T．H」自身が、匿名でこの騒ぎを煽《あお》っているのではないかと睨み、二四時間体制で、怪しげな書き込みをした人間の素性を追ったが、有効な手がかりは得られなかった。

そのうち、ネット・オークションにも、『推理小説・上巻』のコピーが現れた。

最低入札価格一〇〇〇円からスタートしたその原稿は——警察が、あえて放置して様子を見た結果——なんと、一三万五〇〇〇円にまで値上がりした。

最初に動きを見せたのは、身内から被害者を出した音羽出版だった。

『推理小説・下巻』をもし音羽出版が落札したとしたら——

極秘に行ったそのマーケティング・リサーチの結果は、左記の通り。

①『推理小説・上巻』の全文を読みたいですか？
読みたい——八三％

②『推理小説』が、上巻下巻併せて出版された場合、あなたはそれを購入して読みたいと思いますか？
購入すると思う——四％
値段によっては購入する——一八％
とりあえず、立ち読みをしてから考える——三五％

③出版社が、犯罪者である『推理小説』の著者に原稿料を支払うことについて、どう考えますか？
一円たりとも金は払うべきではない——五五％

連続殺人がそれによって終わるのであれば、払ってもいいと思う——一三％
わからない——三二％

書籍として出版したら三〇人にひとり以上は買うという。それは、今の出版ビジネスにおいて、破格の数字であった。もちろん、現実は数字通りには動かない。実際に財布から金を払うのは、その一〇分の一もいればいい方だろう。アンケート調査というのはそういうものだ。でも、それでも、今後もしこの連続殺人が続けば——警察の捜査を嘲笑うように、犯人が犯行を重ねられれば——この「殺人予告書」が持つ価値もまた、更に大きく跳ね上がる可能性を秘めている。一気に収益を上げる「キラー・コンテンツ」になる可能性を、マーケティング部の報告書は示唆している。

大衆はわがままだ。

犯罪者に大金が渡るのは我慢できないが、連続殺人そのものには、なみなみならぬ興味があり、それを覗き見したいと思っている。その証拠に、栗山創平が殺害されたときの映像は、ここ一〇年間の「ＮＥＷＳ22」の瞬間最高視聴率を記録していた。

三二・四％。

音羽出版がマーケティング・リサーチをかけたことは、ほどなく他の出版社にも情報として流れた。

音羽がもし入札をするのなら――音羽と業界最大手の座を毎年激しく争っている一ツ橋出版は考えた。音羽がもし入札をするのなら、一ツ橋がスルーするわけにはいかない。

音羽と一ツ橋が入札をするのなら――ここ数年、急激に売り上げを伸ばし、ビッグ2の座に割って入ろうかという勢いの清秋舎も考える。音羽と一ツ橋がもし入札をするのなら、うちは絶対にスルーはしない。そもそも、その手の「キワモノ」は、品行方正な音羽や一ツ橋ではなく、新興勢力のうちにこそふさわしい。

「T.H」の手による『推理小説』は、ただの金目当ての犯罪予告書なのか。それとも、『推理小説』は「推理小説」として、きちんとひとつの独立した「作品」として成立しているのか。その辺りの議論は、全くどこの出版社でも行われなかった。

この小説に手を出すことは損なのか得なのか。

企業としての体面は、保たれるのか保たれないのか。

その二点にだけ、議論は常に集約された。

テレビ局とのタイアップも、すぐに検討された。というより、テレビ局の方から積極的に出版社に働きかけたという方が正しい。

ニュース速報。次に情報バラエティ。最後に実録犯罪ドラマ。テレビ局は、三度、この小説で商売が出来る。ショッキングな映像と組み合わせれば、かなりの視聴率が期待出来ることは、すでに首都テレビが証明している。それが、表の金にせよ、裏の金にせよ、三〇〇〇万円という法外な入札金額の、かなりの割合をテレビ局サイドが負担すれば、出版社として商売になる可能性はぐっと高まる。

音羽出版と首都テレビ。

一ツ橋出版と東京テレビ。

清秋舎とサンケイテレビ。

それぞれのトップ同士が連日打ち合わせをしているらしい――そんなまことしやかな噂が、再びネットの世界へと還流していく。どれが真実で、どれがデマなのか、もう誰にもわからなかった。今わかっている事実は、連続殺人犯が世の中をまだ平然とうろついているということ。そして、三〇〇〇万円以上の値でどこの出版社も入札しなかった場合、予告どおり二二歳の女子大生がひとり、命を落とす可能性が高いこと。その二点だけである。

付きまとうマスコミを振り切り、瀬崎が勤務先の岩崎書房に辿り着いた時、時計は正午を少し回っていた。

6

が、いつもであれば午前中に終わるはずの編集会議は、膠着状態のまま、まだ続いていた。

議題は、他社同様、送りつけられた『推理小説』に対する対応。

出版業界売り上げ第一三位の岩崎書房には、音羽や一ツ橋などといった大手と札束の積み合いをするような体力はもちろんない。が、自社社員のスーツのポケットから、犯人のものと思しき本の栞が発見されたこと。その社員の頭文字が「S」であること。そして、犯人が書いたと思しき『推理小説』では、犯行動機は「S」に対する復讐と書かれていること――それらの状況のせいで、岩崎書房の出方は、音羽や一ツ橋とはまた違った意味で、世間の注目を集めていた。正確に言うなら、世間の注目を集めているに違いないと、部長の森川は思い込んでいた。

岩崎書房のような地味な出版社にとって、階段を二段飛ばしに駆け上がれる、またとないチャンスかもしれなかった。

――うまく立ち回らなければ。

森川は自分に言い聞かせる。

うまく立ち回れば、濡れ手に粟のもうけ話になるかもしれない。が、場合によっては、連続殺人事件のきっかけを作った会社として、Y乳業やM自動車のような命運を辿ることになるかもしれない。

そして、何かを判断するには、手元にある材料があまりにも少な過ぎた。

むっつりと考え込む上司。やぶへびを恐れて発言を控える部下たち。

そんな不毛な時間が二時間あまり過ぎた時、ひょっこりと瀬崎が会議室に入ってきた。

「遅くなりました。ようやく、警察に解放してもらいまして」

事件の渦中の人物とは思えないような、軽い口調に足取りだった。

「あ、すいません。話、続けてください」

瀬崎は、言いながら、後輩の木村の隣に座り、彼に小声で（例の小説のコピー、おれにも見せてくれ）と囁いた。

『推理小説・上巻』が、瀬崎の手に渡る。

警察の取調室の六〇ワット電球の下で見るのとは、また違う趣が感じられた。

「瀬崎。まさかとは思うが、その小説のS――おまえのことじゃないよな」

森川が睨みつけるように聞いてくる。

「まさか」

瀬崎は、そう言って、肩をすくめてみせる。

そうです、などと冗談でも言おうものなら、この場で殺されかねないなと瀬崎は思う。

「それより、犯人の、本当の目的は何なのでしょうね」

「あん？」

「金が目的なら、もっと手っ取り早い方法がいくらでもあるはずです。小説を書き、その通りに殺人を行うのには、多大な労力と危険が伴います。世間を騒がせたい、目立ちたい、有名になりたいというのなら、わざわざ小説まで書くことはない。犯行予告のメモ書き程度で十分です。それなのに、この犯人は、細部の情景描写にまで手を抜かず、書き下ろしで一〇〇〇枚以上の小説をわざわざ――」

「バカか、おまえは」

せっかくの瀬崎の問題提起を、森川はあっさりと断ち切った。

「犯人の都合なんざ、今はどうだっていいんだよ。問題は、この小説が、おれたちにいくらの利益を運んでくれるのか。そのために、いくらまでなら投資すべきかだ」

「まさか……入札、するんですか？」

「だから、それを話し合ってるんだ！」

怒鳴り声のタイミングに合わせて、瀬崎はまた肩をすくめてみせた。

「殺人犯にすぐに金を払ったら、世論が何を言うかわからん。音羽も一ツ橋も、次の殺人までは『見』だろうというのがおれの読みだ」

「……」

「が、もし、次に二二歳の女子大生が本当に殺されたら、確実に風向きは変わる。その時は、札束の積み合いになる。その時に慌てて参戦しても、うちの体力じゃどうしようもない」

「……なるほど。ベストセラーの青田買いをすべきかどうか」

瀬崎はもう一度、『推理小説・上巻』の表紙を見つめる。

著者名、「T．H」。

見覚えは――ある。いや、見覚えどころの話ではない。本当のところ、瀬崎は、その「T．H」が何者か、誰よりもよく知っていた。

さて。

これから自分がすべきことを、瀬崎は心の中でもう一度整理する。

――そうだ。まずは、あれを見つけ出さなければ。

――確か、捨てずに、地下倉庫の中に保管しておいたはずだ。

森川が想像しているのとは違う形で、岩崎書房は世の注目を浴びることになるだろう。それと同時に、瀬崎自身も。あまり楽しくない体験も含まれていそうだが、かといって、今さら引き返す道もない。

瀬崎は、自分がかつてその作品を酷評した、ひとりの若者の姿を思い返す。

そして、自分の部屋の留守電に残されていた、彼の声を思い返す。

愚かな男だった。

彼の命は、瀬崎が奪った。二年前。

（もしこの時、雪平夏見がヤク中の一七歳を射殺したのも同じ二年前だと瀬崎が知っていたなら、その不思議な縁を、より大きく感じたことだろう）

森川がもう一度不毛な数字遊びを再開するのをぼんやり見つめながら、瀬崎は、自分が踏み出すべき次の一歩について、思考を集中させていく。

出版各社が会議にあけくれている間、警察もまた、会議を開いていた。

捜査状況に一ミリの進展がなくても、捜査会議に出席し、「進展なし」と報告さえすれば、人はある程度有益な仕事を為したかのような気分にひたれる。そういう意味において――時には、そういう意味でだけ――会議というのは、非常に重要な効能を持つ。

7

山路がジッポの上蓋をカチャカチャいわせる速度が心なしか上がっていて、それが、安藤の耳には、催眠誘導の技のように感じられてならなかった。

もう、何時間寝ていないのだろうか……指折り数えようとして、すぐに安藤は止めた。隣の席を見る。雪平が座っている。自分と同じだけ歩き回り、僅かな休憩時間を睡眠ではなく酒に充てているくせに、肌荒れもしていなければ、目も充血していない。

――もしかしたら、物の怪《け》の類なのかもしれないな。

安藤はまじめにそう考える。そう考えた方が、納得のいくことがはるかに多い。

「それでは、現時点の捜査状況について、各担当者より簡潔に報告願いたい」

山路が厳かに会議の開始を宣言した。

一課の小久保刑事がまず立ち上がる。

「現時点において、被害者である会社員・鈴木弘務、女子高校生・龍居まどか、編集者・栗山創平の三人には、いかなる共通点も発見されておりません」

つまり、捜査に進展なし。

「共通の知人もなく、それぞれの行動エリアもバラバラです」

安本刑事が続く。

「発見された二枚の本の栞ですが、同一の時期に、同一のプリンタで制作されたものであることが鑑識からの報告でわかりました。つまり、三件の殺人事件は、いずれも同一犯もしくは同一グループの犯行と断定して、まず間違いないと思われます」

そんなことは、最初っから予想がついていた。

つまり、実質、捜査に進展なし。

あくびが出た。

「安藤！」

俯いたまま、刑事たちの報告に耳を傾けているはずの山路からすかさず叱責の声が飛ぶ。

気配でわかるのか、それとも、頭の後ろにもうひとつ小さな目があるのか。こちらを向いてもいないのに、山路はよくこの技を使う。もしかすると、この中肉中背の脂ぎった一課長も、物の怪の類かもしれない。

　安本刑事が報告を続ける。

「同じく鑑識からですが、シャンパン・グラスからは青酸ナトリウムが検出されました。立食パーティという性質上、本事件は無差別殺人事件――被害者の栗山氏が、たまたま運悪く毒入りシャンパンを手にしてしまったという可能性も否定出来ません」

　否定は出来ない。

　しかし、肯定も出来ない。

　要は、わからないということだ。

　沢井刑事が立ち上がる。

「第一の事件現場である新宿区の戸山公園ですが、ほとんど人通りがないうえ、街灯の数も少なく、有力な目撃証言は全く得られていません。第二の事件現場である千代田区のホテルですが、こちらは逆にあまりにも雑多な人で溢れていて、やはり、決定的な目撃証言は得られていません。花井文子が録画し、首都テレビで大々的に流されたビデオ・テープの中にも、栗山氏が毒入りシャンパンを手にする瞬間は撮影されておりません」

「例の小説はどうなんだ」

数秒、間があった。誰も立ち上がらない。また、あくびが出た。せめて、この会議の時間、全員が仮眠を取れたら、少しは捜査効率もあがるのではないか。そんなことを考えながら、更にあくびをした。

その安藤のあくびを、なぜか全員が見つめている。

「あ――」

慌てて安藤は立ち上がる。自分の担当だった。

「し、指紋等手がかりになりそうなものは、いっさい発見されませんでした。えー、発送元の郵便局も、日に数十万通を扱う品川の本局でしたので、係員からはこれといった証言は得られませんでした」

「受け取った出版社側の動きは？」

「はい。出版各社、今のところ、入札を決めたところはありません」

「……ま、当然だろうな。公然と殺人犯に金を払ったりした日にゃ、世論の反発は強いだろう」

ジッポの上蓋をカチャカチャやりながら、山路は言い捨てた。

「いえ、どうもそういう理由ではないようです」

「ん？」

「三〇〇〇万円という最低入札金額がネックのようなんです。三〇〇〇万円の投資を回収するには、その、まだしばらくは、犯人がつかまらず、更に、予告通りに殺人が続くことが必須条件らしいんです。その……彼らの独自のマーケティング調査によれば」

「なんだ、そりゃ」

「ですので、簡単に言うと、もう少し様子を見たい——そういうことのようです」

険悪な空気が降りてきた。

山路が、ライターをカツンと机に叩き付けた。

「あとひとりかふたり殺されれば、より話題性が増えて黒字が見込みやすい——そういうことか？」

「まあ……ぶっちゃけ、そういうことですかね」

「ぶっちゃけなんて言うな！」

山路が吼えた。どういう八つ当たりだよ、と安藤は思ったが、口にはしないことにした。

雪平が立ち上がった。

「課長。ひとつ、提案があるのですが」

「ん？」

「彼らより先に、警察が入札しませんか？」

「雪平……」

「このまま入札期限が切れれば、犯人は必ず次の殺人を実行します。犯人逮捕の決め手が現在ない以上、入札もひとつの選択肢ではないでしょうか」

会議室の温度が、二度ほど下がった気がした。雪平は、いつもその場の温度を下げる名人だ。

「雪平。それは出来ない」

山路が静かに答えた。

「警察は、犯罪者には金を払わない」

「でも、たった三〇〇〇万円で、人ひとりの命が救えるんですよ？」

「その三〇〇〇万円が、次の犯罪の呼び水になる可能性がある」

「まだ起きていない犯罪よりも、今、目の前の殺人を食い止めることの方が大切ではないですか？」

と、その時だった。

雪平の携帯にメールが着信する。発信者の名前を見て、雪平の顔に、珍しく困惑の表情が浮かぶ。

「失礼。すぐに戻ります」

言うなり、雪平は外に出て行き、そのまま戻っては来なかった。

もっとも、会議自体、雪平が退席してから、ほんの五分程度で終わってしまったのだが。いや、雪平がいないからこそ、五分で終わってしまったと言うべきか。

雪平の提案は、一切討議されることなく却下。

警察が、警察の予算を使って、犯罪者に金を払うわけにはいかない——表向きには。

会議終了後、安藤は、雪平の姿を探し回った。廊下、灰皿が置かれている談話コーナー、非常階段の踊り場などを見、結局、新宿署の裏手にある駐車場の隅で、夕闇の中に立つ彼女の長い影を発見した。

「あなたも男ならきちんと約束は守りなさいよ！　裁判所は、月に二回——月に二回、私と美央の面会を認めてるのよ！」

彼女は、怒鳴るように電話をしている。

殊更に、「月に二回」という数字を強調していた。

「は？　何それ？　わけわからない！」

もし安藤に、エスパー並みの聴力があったなら、彼の耳には、電話の向こうの男のこんなセリフが聞こえたはずだ。

「おれはきちんと話をしたさ。でもな、夏見。美央がもう嫌だって言うんだ――人殺しのママには、もう会いたくないって」

8

夜。
白い壁に四方を囲まれた部屋。
男は、何かに取り憑かれたかのように、一心不乱にキーボードを叩いている。

9

夜道。
田口は、何かに怯えたように、足早に歩いている。

10

夜。

三宿のプール・バーのカウンターで。

久留米はコロナ・ビールを飲んでいる。

「久留米センセ、今夜はおひとりなんですかぁ」

カウンターの向こう側から、女の子がベタベタと鼻にかかった声で話しかけてくる。

そういえば、「女優を目指してマス」とかつて自己紹介されたことがあった。場の空気を読めない頭の悪さを、「私って天然」の一言で押し切ろうとする、迷惑だがこの世界ではよく見かける女の典型だった。高い時給と業界人とのコネの獲得を目指して、日々、胸元を強調しつつ酒を作る。

「たまにはひとりになりたい夜もあるさ」

「とかなんとか言っちゃって、どっかに女、待たせてるんじゃないですかぁ」

確かに、女からの連絡を待ってはいる。もっとも、その意味は、この「女優志望」のホステスの想像とはかけ離れたものなのだが。

「ねえ、センセ。今夜はお店、空いてるし、私とちょっと勝負しません？　ナイン・ボール」

「勝負？」

「私が勝ったら、センセーの原作の二時間ドラマ・シリーズに、私のこと使ってくださいヨ」

「……ぼくが勝ったら？」

「今度、デートしてあげます」

これを、絞め殺したいほど図々しいと取るか、わがままでかわいいと取るかで、人生の見え方はずいぶんと違う。

「ところで、今、何時？」

「えっ？」

「時計、忘れちゃってさ」

「九時ちょうどです」

——そろそろのはずだ。

「ねえ、センセ。勝負は？」

「そのデートって、もれなく君とのセックスもついてくるの？」

「えーっ？」

女の声が、ますます鼻にかかり、無意味に体をくねらせる。おいおい、それを色っぽいと思っているなら、勘違いもいいところだ。そう思いながら、表面上は、さも女に気のある素振りを久留米は続ける。理由は簡単だ。その方が、場持ちが断然いい。それだけ。ヤッたらヤッたで、面倒なことになるのはわかっていたし、第一、ふだんから小沢茉莉という女を間近に見ているおかげで、久留米の女性に対する審美眼は、肥えに肥えていた。でも、それは黙っておこう。

「それはセンセ、勝負が終わってから考えるということで。ね？」

何が「ね？」なのか、さっぱりわからない。

四五度かしげた首のそのわざとらしさが、女優としての才能のなさを如実に示していた。

「今、何時？」

「九時ですよ。九時五分くらい」

おれの書く――あるいは書いているフリをしている――ミステリには、こういう会話がよく出てくる。九時に殺人が起こったとき、この会話はわかりやすいアリバイの証明になる。九時には私はバーにいて、少し股のゆるそうな女を口説いていた。もっとも、この女、「センセーの二時間ドラマに使ってくれないなら証言しません」とか言うかもしれないが。

「九時五分、か」

わかりやすく、大きめの声で独り言を言ってみた。

不自然だった。

11

夜道。

足早に歩いている田口の背後から、漆黒のＢＭＷが来て、田口の横に並んだ。

パワー・ウィンドウが音もなく降りて、中から茉莉が顔を出す。

「田口さん」

「！」

「お急ぎのようですね。よければ、途中までお送りしましょうか？」

田口は答えなかった。

茉莉の左手をじっと見つめたまま、凍りついたようにその場に立ち尽くした。

「さ。乗って」

茉莉は、珍しく微笑んだ。

左手に、それさえなければ、魅力的なお誘いの光景にきっと見えたことだろう。

「さ、早く」

茉莉が、慣れた手つきで、撃鉄をカチリと起こした。

12

夜。
白い壁に四方を囲まれた部屋。
男は、何かに取り憑かれたかのように、一心不乱にキーボードを叩いている。
ドア・チャイムが鳴る。
男の顔に、さっと緊張が走る。
来客が誰なのか、彼には心当りがあるらしい。
六畳のワンルーム。デスクから玄関まで二秒とかからない。
「どなたですか？」
念のため、彼はそう聞いてみる。
「粕谷です」
女の声が答える。
男は、ドアを開けた。
外には、粕谷理恵子が立っていた。

「来ました」

「……」

「大事な話って何ですか？　平井さん」

「……」

平井さんと呼ばれた男は、じっと理恵子を見つめたかと思うと、次の瞬間、彼女の腕をつかみ、部屋に引きずり込んだ。

咄嗟の出来事に、理恵子は小さな悲鳴をあげるのが精一杯だった。

素早くドアに鍵をかけ、男は、理恵子の方を振り返った。

「好きなんだ」

激しくこの状況に不似合いな言葉を男は使った。

「好きなんだ。だから――わかってくれ」

好きなんだ。だから――わかってくれ。

わかってくれ。

わかってくれ。

わかってくれ。

強引に抱きしめられた。理恵子の鼻腔を、男の煙草と汗の臭いが痛撃する。ハアハアと劣情を顕わにする生温かい吐息。そして、強引に口の中にねじ込まれてきた舌。唾液。胸をわしづかみにしてくる、爪の伸びた不潔な手——

理恵子は、激しく抵抗する。

泣き叫び、振り払い、比較的自由の利いた左足で、この部屋と隣の部屋とを隔てる薄い白壁を必死に蹴り続ける。

が、不運なことに、隣からは何の反応もなかった。

第五章　手がかりは目の前に

1

宇宙の話をしよう。

一九四六年、ジョージ・ガモフという物理学者が、「宇宙には始まりがある」「まず最初に巨大な大爆発があり、すべての時間はそこからスタートした」と言い出したとき、世界中が彼と彼の仮説を嘲笑った。今、普通に教科書に載っている「ビッグ・バン」という言葉は、そもそもはガモフを哂うためのニック・ネームだった。ミスター・ビッグ・バン。ガモフは頭の中がビッグ・バン。

でも、やがて、世の中の評価は一八〇度変わることになる。

なぜか。

ビッグ・バンが観測によって証明されてしまったから。

単なる仮説ではなくなってしまったから。

ガモフは、ビッグ・バン理論を提唱したとき、あることを予言していた。曰く、もし宇宙が最初、想像を絶するような高温で、その後膨張によってその温度が冷えていったのなら、超高温時代に放たれた光の名残が、現在の宇宙にも残っているはずである、と。光は、その温度を極端に下げると電波になる。ビッグ・バンの時に放たれた光は、気の遠くなるような長い年月の間に次第にその温度を下げ、絶対温度僅か数度の電波として私たちのもとに届くであろう。そして、それはガモフの予言通り、一九六五年、アメリカのアーノ・ペンジアスとロバート・ウィルソンのふたりによって現実に観測された。宇宙のあらゆる方向から聞こえる、絶対温度三度の雑音のような電波――現在、それは「宇宙背景放射」と呼ばれている――の発見によって、ビッグ・バンは学会での定説となった。

現実に観測された事実。

それが、妄想家のヨタ話を、世界の常識にまで押し上げたのだ。

アインシュタインの話もしよう。

アインシュタインは、一九一五年、相対性理論という人類の一大発明を成し遂げた。そして、「重力によって空間は歪むこと」「速度の異なるふたつの場所では、その時間の進み方も異なること」を予言した。

世界中が彼を嘲笑った。あまりに突飛だ。有り得ない。リアリティがない。が、世の中の彼に対する評価も、すぐに一八〇度変わることになる。

なぜか。

人々の頭脳が、彼の理論を理解できるほど優秀に進化したせいでは決してない。

何人かの人間が、愚直な実験を行った。ある者は、実際に速度の違うふたつの場所で、正確無比な原子時計を同時に動かしてみた。また、ある者は、太陽の傍を通る光がその重力によって歪んでいるか、実際に観測を重ねてみた。

結果は、アインシュタインの予言通り。

突飛で、有り得ない、リアリティのない――でも、疑いようのない数値が人々の前に提出された。速度によって時間の進みはずれ、太陽の傍を通る光は、その重力によって歪んだ。彼の理論は、現実に観測され、証明されてしまった。そこで――人々はうってかわってアインシュタインを誉めそやすことにした。

現実に観測された事実。

ここでもまた、それが、妄想家のヨタ話を、世界の常識にまで押し上げた。

わかるだろうか。

勘のいい読者は、そろそろ私の言いたいことに気づいてくれている頃だと思う。

この物語を読み終えた後、少なくない数の人間が、次のようなことを言うだろう。

「どうして、同じ事件を現実にも起こさなければならなかったのか、と」

小説は小説のままでいいじゃないか。

最初はなかなか評価されなくても、我慢して書き進めているうちに、いつかは理解者も現れ、普通に文壇に迎えられたかもしれないじゃないか。

どうしてどうして。世の中はそんなに甘くはない。というより、そこまで賢くはない。

アインシュタインの理論は、未だ、ほとんどの人に理解されていない。彼が、二〇世紀最大の偉人としてもてはやされているのは、それが、現実に観測され、証明されたからだ。しかも、私が今歩いているのは、科学の世界ではない。私の考えを現実に観測し、そして証明してくれる人はいないだろう。私がやるしかないのだ。私が、私の手でやる以外に道はない。

ちなみに、今、私の目の前には、防腐剤入りの液体に浮かぶ、男性の左眼球がある。

今回の連続殺人事件の最初の被害者、鈴木弘務氏のものだ。

彼の眼球は、いろいろなことを私に教えてくれる。

人は、単に好奇心だけで、残酷な行為に及べるということ。

どんなに不気味な代物でも、数時間もそれを眺めていれば、人は最後にはそれに慣れてしまうということ。

正常な神経のままで。ごく普通の判断力を有したままで。

さて。

次の被害者は、七歳の少女だ。

私は彼女を、「みっちゃん」と呼んでいる。私が勝手に呼んでいるだけで、親や友達がそう呼んでいるとは限らない。「美智子ちゃん」や「美穂ちゃん」や「南ちゃん」だけでなく、「麻美ちゃん」や「好美ちゃん」も、みっちゃんの範囲に入るものとする。こういうことは、事前にきちんと明確にしていないと、後になってアンフェアだとかファールだとかネットで騒ぐやつらがいるからね。いつの時代も、他人に難癖をつけるしか生き甲斐がないやつらはいるものだ。おっと、話が逸れた。

かわいい「みっちゃん」の命が惜しければ、次こそは、私の小説に正当な評価を下していただきたい。言葉ではなく、金で。


——『推理小説・中巻』より、冒頭部分を抜粋

2

岩崎書房の地下倉庫。

作業は、瀬崎の想像以上に難航した。

無秩序に山積みにされたダンボール。それらのすべてに、没原稿がびっしりと詰め込まれており、ひとつそれを持ち上げるたびに、瀬崎の腰は鈍い悲鳴を上げた。

汗がシャツの中を流れ落ちる。

時計を見ると、二二時を回っている。岩崎書房は、今年から経費節減のため、二二時以降は空調の電源が切られることになっていたのを忘れていた。

「何を、してるんですか?」

振り返ると、地下倉庫の入口に、雪平が立っていた。

「刑事さん……」

取調室で向かい合って座っていたときより、心なしか、視線が柔らかい。

「ちょっと、探し物を」

「探し物？」

「ええ。いわゆる持ち込み原稿と呼ばれるやつです。いろんな人間が、明日の人気作家を夢見て、出版社に自作を持ち込んでくる」

「そんなの、いちいち取っておいたら大変なんじゃないですか？」

「普通は、ボツならすぐに廃棄です。でも、なかなかぼくは捨てられなくて。なんていうか、捨てるとなんだか祟られる気がして」

「へええ」

女刑事が、微笑んだ。今の答えのどこが面白かったのか、瀬崎には理解出来なかった。

「で、刑事さん。何のご用ですか？」

「ご用って言われると、難しいんですけどね」

言いながら、雪平は地下倉庫の奥へゆったりと歩いてきた。

「ご迷惑でしたでしょうか？」

「いえ、全然。ちょうど、誰かに目撃されたいなと考えていたところでした」

「？　目撃？」

「はい。こんなに汗だくになって探し物をしているのに、それを誰も知らないなんて、なんか、損したような気になりませんか？　それに――」

それに――のあと、どのくらい正直に話すべきか瀬崎は迷った。嘘はつきたくなかったが、かといって、全てを話すわけにもまだいかない。今、ここで雪平と会えたことが、どれほど瀬崎にとって幸運か――それを詳細に説明するわけにはいかなかった。

幸か不幸か、雪平は、瀬崎の言葉の後半を聞いていなかった。安物のスチールのラックの上に、『推理小説・上巻』が置かれているのに気が付いたからだ。

「これ――」

「コピーですよ。少し、気になることがあって」

「……」

「その、右肩上がりのプリント、不自然に広い行間、そして、掠れている『K』の文字――見覚えがあるような、ないような」

瀬崎はあいまいに肩をすくめる。

「確証はないけれど、過去に一度、見たことがあるようなないような」

「素人の、持ち込み原稿の中に？」

「はい」

「……」

雪平の判断は早かった。上着を脱ぎ、シャツの袖をまくる。そして、瀬崎と一緒に「原稿探し」を始める。原稿がびっしり詰まったダンボールを軽々と降ろすそのしぐさを見て、瀬崎は、体力的には、完全にその女刑事に負けているのを認めた。

「あの――あくまで、そんな気がするっていうだけですよ？　ぼくの勘違いで、無駄働きかもしれないですよ？」

「そういうの、慣れてますから。刑事の仕事って、九九％は無駄働きなんで」

言いながら、雪平の顔は、どことなく楽しそうだった。

「ええ」

「そんなもんですか」

早くも伝い出した汗を、雪平は気持ち良さそうに手の甲でぬぐう。

「哀しいと、運動したくなる人もいますよね」

唐突に、雪平はそんなことを言う。

「は？」

「リアリティの話です。瀬崎さんが取調室でしてた」

「あー」

「哀しいからヤケ酒を飲む――っていうのより、よっぽどリアルじゃありませんか?」

瀬崎の顔からも、思わず笑みがこぼれる。

「刑事さん、作家の才能、ありますよ」

ダンボールを新たにひとつ降ろす。腰が痛い。

「へええ。瀬崎さんも、そういうお世辞、言う人なんですね」

雪平も、ダンボールを新たにひとつ降ろす。

「ぼくの編集者としての最大の欠点は、お世辞が言えないってことです」

ガムテープを裂き、瀬崎はダンボールの中から、大量のボツ原稿を引っ張り出す。

雪平はふと、最後に娘と会った日のことを思い出す。

∞

母と娘が歩いているようには、きっと見えなかったと思う。

爽やかな新緑の公園の雰囲気とは対照的に、母も娘も、表情は硬く暗かった。手もつないでいなかった。

娘の――美央の手には、一応プレゼントらしき包みがあるのだが、そのかわいらしい包装紙がまた、妙に白々しく雪平の目には映っていた。

「ねえ、美央」

なんとか、雰囲気を変えたくて、雪平は、精一杯の明るい声を出す。

「今度はさ、あそこ行こうか。ディズニーランドの隣に出来た、ほら、ええと——ディズニーシー！」

ディズニーランドが自分に不似合いなのは承知していたが、かといって、とっさに他のプランもひねり出せなかった。世の中の七歳の女の子がどんな場所に行きたいのか、どんなプレゼントが欲しいのか、どんなことについてなら楽しく会話に乗ってくるのか、その辺りの情報量が、雪平には絶対的に不足していた。被疑者の目を覗き込むだけで、その白黒を九割方当てられる雪平ではあったが、実の娘が何を考えているのか、ふたりきりで八時間一緒にいても、よくはわからなかった。

「パパ！」

突然、美央が走り出す。

五〇メートルほど先に、かつて自分の夫だった男が立っているのが見えた。

全力疾走をする美央。最後の方、少しだけ足がもつれ、転倒しそうになって雪平はヒヤリとしたが、美央はそのまま無事に、元・夫の胸の中に飛び込んだ。

元・夫は美央を抱きしめ、

「楽しかったか、美央」

と優しく尋ねる。

「ううん」

大きく首を横に振りながら、美央は答える。

「そっか……」

元・夫は、言いながら、今度は憐れむような目で雪平を見る。

こういう時、目を逸らすべきなのかそうではないのか——あるいは、逃げるように立ち去るべきなのかそうではないのか——その判断は、銃を手にした麻薬中毒患者相手に素手で立ち向かうよりも難しい。

「じゃ、おうち帰るか」

「うん」

美央は、自分から元・夫と手をつなぐ。

私に似て、根性の悪い女に育ちそうだ——そんな、母親にあるまじき感想を雪平は持つ。いや、わかっている。私はいじけているだけだ。いじけて、ねじれて、ささくれだっているだけだ——

気が付くと、瀬崎が作業の手を止め、じっと雪平を見つめていた。

「どうか、しましたか？」

「いえ――」

――頭よ、回れ。


「私、推理小説って滅多に読まないんですけど――例の小説の中で、ひとりで部屋で、カタカタとキーボードを打っている男が何度か出てくるじゃないですか――」

「あー、白い壁の部屋の男」

「ええ。彼が、この事件の犯人なわけですよね？」

やや凡庸な質問かもしれなかったが、そう不自然ではなかったと思う。

「そうかもしれない。そうではないかもしれない」

瀬崎は、慎重に言葉を選びながら話し始めた。

雪平は、彼の真剣な表情が、自分の好みであることを自覚した。

「推理小説には、叙述トリックと呼ばれる分野がありましてね。犯人っぽく描いてあるからといって、素直にそう受け取ってはいけないんです」

「叙述トリック……」

「一番、有名なパターンは、語り手が犯人だったってやつです。一人称で書かれていると、読者はそいつが犯人とはなかなか思えない。あるいは、『私』と『おれ』と、ふたつに分けて書かれているから人間がふたりいるのだと思っていたら、単に二重人格のAとBだったというパターンもあります。一人称で『ぼく』と書かれているから人間だと思っていたら、実はオス犬だったって小説もあります」

「なんか、何でもありな世界なんですね」

「それでも最低限のルールはありますよ」

「ルール？」

「たとえば、クライマックスで犯人が嘘をつかないこと。たとえば、探偵役の推理に頼らなくても、読者が自力で真相に辿り着けるだけの手がかりを用意しておくこと」

「……」

「そうしておかないと、読み終わった読者から、アンフェアな小説だと散々に叩かれる。昔は読者ハガキで。今はインターネットで」

そこまで説明して、なぜか瀬崎は苦笑いを浮かべた。理由はわからなかった。でも、その苦笑いも、雪平の好みだった。

「ということは――」

まっすぐに瀬崎を見つめながら、雪平は先を促した。

「そう。多分、今回の犯人も、フェアな勝負を目指しているはずです」

「……」

「必ず、真相への手がかりを残している——ぼくは、そう思ってます」

「……」

「小説の中にも。そして、現実の事件でも」

小説の中にも、そして現実にも、著者である犯人の男——男が犯人と読めるように書かれている。もしかしたら、それもフェイクかもしれないのだが——は、わざと事件解決のための手がかりを残している……ずいぶんと大胆で、そして、捜査員たちにはある種の勇気が湧いてくる推論ではあった。こちらさえ、ミスをしなければ、必ず最後には犯人を捕まえられるということだ。そう。ミスさえしなければ。

——たとえば、あの栞。「アンフェアなのは、誰か」。あれは、私たちにヒントを与えるために残されていたことになる。

——たとえば、あの暗記してしまうほど読み込んだ『推理小説・上巻』。あの中に、私たちが見落としているヒントがあるということになる。

『推理小説・上巻』
①龍居まどかが、公園で鈴木弘務の死体と遭遇。そのまま、犯人に襲われ、殺される。
「これがリアリティ」「そしてオリジナリティ」というふたつの言葉を最後に聞く。

②犯人は、鈴木弘務の左眼球をビンに仕舞い、徒歩で現場を離れる。一〇分ほど歩いてからタクシーに乗り、わざと家とは反対方向へ移動。そこでタクシーを乗り換え、しかも、念のため、家から徒歩一〇分ほど離れた場所にて下車。
③家に戻り、PCを立ち上げ『推理小説・上巻』の推敲に入る。被害者の名前がAとBになっていて、固有名詞は、明日、テレビで確認しようという記述がある。これを信用するなら、犯人は、殺害場所とその方法は決めていても、誰を被害者にするかは決めていなかったということになる。
④翌朝、テレビと新聞をくまなくチェックし、『推理小説・上巻』を補強するための材料集めに奔走する。龍居まどかにボーイ・フレンドがいたこと。その男の子の名前は勢田トオルということ。ちょうど、その日の夜、勢田トオルは龍居まどかを旅行に誘っていたということ。これらは週刊誌の記事から当たりをつけ、ネットの掲示板から固有名詞を含む詳細を手にしたという。つまり、犯人は、可能な範囲で、その事実の裏取りまでしている。
⑤犯人は、『推理小説・上巻』の直しと併行して、次なる殺人の準備にも取り掛かる。被害者の名前は、最初から栗山創平と書かれている。(犯行前に、『推理小説・上巻』が郵便ポストに投函されていることから、第三の殺人事件は無差別殺人ではなく、計画的に栗山を狙ってのものだということがわかる)

⑥具体的なストーリーとストーリーの間に、唐突に、「S」なる人物への呪いの言葉が書き込まれる。一連の犯行が、その「S」なる人物への復讐であるかのように、とりあえずは読める。

正直、雪平にはそれら一連の記述は、「小説」というより「ルポルタージュ」のように感じられていた。それも手法のひとつだよ、ということかもしれないが。そして、その中に、自分が見落としている手がかりがある――

「ねえ、瀬崎さん」

「はい」

「全部探し終わったら、ビール飲みに行きません？」

「えっ？」

「もう汗だくで」

いつもなら、最初から焼酎のロックを呷《あお》るのだが、今日は生ビールの方が旨そうだ。

「いいですね、ビール」

瀬崎が、新たなダンボールのガムテープをはがしながら答える。

「あ――」

「？」

「刑事さん、これ――」

瀬崎が、ホチキスで止められただけの、厚さ二センチほどの原稿の束を雪平に差し出した。

右肩上がりのプリント、不自然に広い行間、そして、掠れている『K』の文字――著者名は、平井唯人――ご丁寧に、一枚目には履歴書まで付いている。

平井唯人。

W大学文学部文芸学科四年。サークルは、ミステリ研究会に所属。

「ひらい、ただひと――」

雪平は、振り返って瀬崎に叫んだ。

「T．H！」

携帯電話が圏外だったので、雪平は大急ぎで階段を駆け上がり、地上へと飛び出した。

短縮01で、捜査本部へ直通電話がかかるようになっている。

犯人の尻尾をつかんだかもしれない。

平井唯人――作家志望の大学生。瀬崎とは、かつて接触がある。W大学ミステリ研究会ということは、久留米隆一郎の後輩でもある。あちこちの出版社に持ち込みをしていたのなら、死んだ栗山とも、何らかのつながりがあってもおかしくない。それに——文学部のミステリ・オタクなら、わざわざ『推理小説』などという、人を食ったタイトルの小説を書く素地もありそうだ。

折り畳みの携帯を開く。

が、短縮01番を押すより先に、雪平の携帯が最大ヴォリュームでけたたましく鳴り始めた。捜査本部からだ。こういう偶然の一致には、ロクなケースがないことを、雪平は経験的に知っていた。

「はい、雪平」

出ないわけにはもちろんいかない。

電話の向こうから、山路の声が飛び込んできた。

「殺しだ。ホシは、入札の最終期限まで待ちやがらなかった」

「……被害者は、予告通り——」

「ああ。二二歳の女子大生。大学のサークルの部室で、首を絞められて殺されていた」

「……」

「左手に、本の栞を握り締めて」

「そして、背中にはA4で三枚、犯人からのご丁寧なお手紙付きだ」

「……」

「……被害者は、もしかして、W大学の学生ですか?」

電話の向こうで、山路が息を飲むのがわかった。

「どうして、それを知ってる」

「半分は、勘です。残りの半分は、署に戻って報告します」

電話を切って振り返ると、瀬崎が立っていた。

静かに、ただ、立っていた。

こういう時、あれこれ騒いだり、大げさにショックを受けたりしてみせない一般人は珍しい。そして、ありがたい。つまらないことに気を遣わなくて済む。

「瀬崎さん。この原稿、お借りします」

「はい」

「署に戻ります。ビールは、また今度」

「はい」

小さく礼をして、雪平は、岩崎書房の前に路駐していた車へと走った。

ドア・ミラーの部分に、黄色い輪っかがつけられていた。雪平は、それを五秒で外し、助手席へ放り投げた。

バック・ミラーの中、瀬崎が黙って見送っている姿が見えた。

この殺人の
責任は、
私の小説を

無視した
警察とマスコミ
にある。

次の殺人は
一週間後。

最低入札価格
一億円。

次の被害者は
七歳の少女。
彼女の命を

救いたければ
私の『推理小説』
を落札せよ！

3

平井は、最後の最後に、もう一度だけ、壁に貼り付けた「不採用通知書」に目をやった。

「原稿は、不採用となりました」

そのすぐ脇には、担当者――岩崎書房編集部・瀬崎一郎――の手書きのコメントが、面倒くさそうに添えられている。

「展開がアンフェア」

「動機にリアリティがない」

――瀬崎。おまえは、この結末をどう受け止めるのかな。

――おまえのせいで、おまえの無責任な放言のせいで、人の命が失われた――その事実の重みを、おまえはどのように消化するのかな。

理恵子とのことは終わった。次は、おれ自身だ。

天井からは、既にロープがぶら下がっている。強度の実験は念入りに行った。ロープが切れたり、天井に打ち付けたフックが外れたりといった、不様な失敗は有り得ない。

一〇〇％確実な死。

まず、大量の水とともに、睡眠薬を飲み下す。

一分も経たないうちに、ぐにゃりと世界が歪むのを実感する。

――なるほど、こんな感じなのか。

机の上にあらかじめ用意してあったカミソリで、左手首を切る。続けて、右手首も切る。噴水のように、鮮やかな赤の血飛沫があがり、白い壁を汚していく。この部屋の資産価値は、今、半額以下に下落した。大家には申し訳ないと思う。痛みは、ほとんど感じない。睡眠薬とカミソリとで、それぞれの効果を適度に相殺しているのかもしれない。

――なるほど。確かに、実際に体験しないとわからない感じだ。

最後の気力を振り絞って、平井は椅子の上に立つ。そして、天井からぶら下がっているロープの、その輪の中に首を通す。

このまま、椅子を強く蹴れば、それで彼の計画は完遂される。

——が、実際は、椅子を蹴る前に彼の意識は切れた。

4

W大学の学生課の職員をつかまえ、システムを叩き起こし、平井唯人に関するデータを入手するのに、雪平は一時間と五分の時間を要した。

平井は、二年前に突然の失踪を遂げていた。

二年前の九月一八日。必修科目で、厳しく出欠を取るので有名な高橋教授の英文学の授業を、友人たちにも連絡なく欠席。彼が住んでいたアパートからは、現金と携帯電話、若干の衣服、愛用していたエプソンのノートPC、それに、ヒューレット・パッカード社製のインクジェット・プリンタが無くなっていた。

鳥取在住の家族は、五日後の九月二三日に、警察に対して平井唯人の捜索願を提出。が、自殺を匂わせる書き置きもなければ、何らかの事件に巻き込まれた形跡もなかったため、警察は積極的に動いたとは言い難かった。

平井の家族は、三ヶ月後、大学に対して唯人の休学届けを提出。

ちなみに彼が住んでいたアパートは、家賃がさほど高くなかったこともあり、本人がいつ帰ってきても困らないように、そのまま鍵も替えずに借り続けている。

住所は、中野区東中野二丁目。

必要なデータを入手した雪平は、殺害現場には直行せず、九段下で安藤と合流して、平井がかつて住んでいた東中野へと向かった。

けたたましいサイレンの効果で、平井の部屋に到着するまでわずか一〇分。そこから徒歩五分離れた場所に住む大家をつかまえ、玄関のドアのキーを借り受けるのにプラス五分。

雪平と安藤は、午前〇時ちょうどに、平井の部屋に踏み込んだ。

木造モルタル造りの安普請。築年数も三〇年近い。見た目をごまかすために、壁一面に白いペンキが塗られているのだが、それが却って、部屋の安っぽさを際立たせているように安藤には思えた。

デスクの上を人差し指で触り、屈み込んで床の表面をまた触る。

「思ったより、埃が積もっていませんね」

人知れず、舞い戻ってきていたのか……それとも、故郷の親が、たまに掃除に来ていたのだろうか。確認の必要がある。安藤は、手帳にすぐにメモをした。新たな殺人事件の発生と、そして、ようやく本ボシの可能性を感じさせる容疑者の浮上――ふたつのビッグ・ニュースが、安藤の眠気を吹き飛ばしていた。

雪平は、一面の白い壁の表面を、丹念に見つめていた。

「安藤。これ、どう思う?」

「はい?」

壁の隅に一ヶ所だけ、セロハン・テープが貼られたまま残っていた。赤黒い色で、指紋がひとつ、警察学校の教科書の挿絵に使えそうなほど、鮮明に残っていた。

「指紋、ですね」

「誰の?」

「さあ……」

「安藤。推理小説って、読む?」

「いえ……最近は全然。学生の頃に、『Xの悲劇』とか『オリエント急行殺人事件』とかは読みましたけど」

雪平の脳裏を、瀬崎の言葉がかすめる。

推理小説の世界にも、最低限のルールがある。クライマックスで犯人が嘘をつかないこと。そして、探偵役の推理に頼らなくても、読者が自力で真相に辿り着けるだけの手がかりを用意しておくこと。だから、犯人は、真相への手がかりをわざと残している——小説の中にも。そして、現実の事件にも。

「ゲームを、してるつもりなのかな」

「えっ？」

「この指紋は、犯人がわざと残していったんでしょ。私たちに、手がかりを与えるために」

それだけ言うと、いきなり雪平は部屋にあったゴミ箱を力いっぱい蹴飛ばした。ゴミ箱は、当たり損ねのベッカムのPKのように、六〇度近い角度で舞い上がり、天井と壁に一度ずつ当たって床に落ちた。

「雪平さん！　現場保全のルールを——」

「安藤。行こう」

「えっ？　もう？」

「どうせ手がかりは、その指紋ひとつだけよ」

「どうしてそんなことが言い切れるんですか！」

「どうして？」

雪平はボリボリと頭を掻き毟《むし》りながら言う。

「ひとつの場所からふたつもみっつも手がかりが出てきたら、美しくないから」

「は?」

そういうスタンスで捜査をするのはいかがなものか——そう言いかけて、安藤はすぐに諦めた。雪平が、安藤の反論で行動を変えるわけはないし、ゴミ箱はすでにひしゃげてしまった後だし、どうせこの後、鑑識班がもう一度この部屋を徹底的に洗い直すはずだし、それよりなにより、雪平はとっくに、部屋の外に出て行ってしまっていたから。

5

雪平と安藤は、東中野から、新宿区にあるW大学へと向かう。

カーナビが指し示す地図を見て、W大学キャンパスと、最初に殺人の起きた新宿区戸山公園が、想像以上に近いことに安藤は気付く。

犯人が平井なら、なるほど、この辺りには土地勘があったことになる。

夜、あの公園にどのくらいの人通りがあるのか。どこを通れば、最短で裏手の大久保通りまで走れるのか。そういったことが全部わかっていたことになる。

——おれは、興奮している。

安藤は自覚する。バラバラにしか見えていなかった連続殺人事件が、一本の線につながって来た。W大学ミステリ研究会。その部室近くで起きた二件の殺人。そこのOBが選考委員長を務める文学賞パーティで起きた三件目の殺人。そこの部員が殺された四件目の殺人。そして、殺人予告をわざわざ「小説」――それも『推理小説』などという人を食ったタイトル――で発表する、自己顕示欲の強い犯人。

W大学の東門傍にある第一学生会館。そこの中二階の一角に、ミステリ研究会の部室はある。

雪平と安藤が着いた時には、すでに近隣からの野次馬と、耳の早いマスコミとで、一〇〇人近い人間が、玄関前に群れていた。

彼らを押しのけ、半ば蹴飛ばして、黄色いロープをまたぐ。

被害者は、部室の一番奥に据え付けられた、ところどころ破れて綿のはみ出ている、安物の青いソファの上にうつ伏せに横たわっていた。

女の細く白い首に、太いロープが巻きつけられている。

左手に、栞を握り締めている。

刑事たちには見飽きた「アンフェアなのは――」の文字が見える。その先の文字

――左手の掌に隠された部分――が、今まで通り「誰か」になっているのか。もしかしたら、この事件だけは「アンフェアなのはぼくだ」になっていたり、「アンフェアなのは君だ」になっていたり、「アンフェアなのは世の中だ」になっていたりしないだろうか。ふとそんな疑問が安藤に生まれ、被害者の左手を開いてみたい衝動に駆り立てられた。が、まだ、初動班が写真撮影を続けている段階なので、それはぐっと我慢した。

山路が来て、被害者の背中に貼られていたという三枚のA4の紙を雪平に差し出した。

安藤も、後ろから覗き込む。

「この殺人の責任は、私の小説を無視した警察とマスコミにある。」

「次の殺人は一週間後。最低入札価格一億円。」

「次の被害者は七歳の少女。彼女の命を救いたければ私の『推理小説』を落札せよ！」

雪平は、無表情のまま、しばらくそれを見つめていた。それから、ポケットの中から小さなビニール袋を取り出し、山路にそれを見せた。

中には、平井の部屋で見つけた——わざわざ見つかるように残されていた——例の赤い指紋のセロハン・テープが入っている。

「この紙を貼っていたセロハンと、このセロハンが同一のものか。ここに残されている指紋が誰のものか。この指紋が、他にどこかで検出されていないか。大至急、鑑識に調査を依頼します」

「ん……この赤い色はなんだ……」

「血でしょう。多分」

「血か……」

血判でも押すように、わざわざこの「指紋」を平井は作成したのだろうか。理解不能な行動だ。安藤は考える。もっとも、被害者の目を抉るような犯人である。他に理解不能な行動があってもおかしくはない。

ほどなく、小久保、沢井の両刑事に付き添われて、橋野美樹が入ってきた。既に顔面は蒼白だった。一通りの説明は、来る道すがら、パトカーの中で聞かされてきたのだろう。

山路が前に出る。

「ミステリ研究会の橋野美樹さん、ですね」

「はい……」

「たいへん申し訳ないんですが、遺体の確認をお願いします。知っている人か、知らない人か。知っているのなら、それは誰か。正直にお答えください」

「……」

震えながら、一歩、また一歩、美樹は被害者の遺体に近付く。

(これが芝居だったら、アカデミー賞ものね)

いきなり、予告もなく、安藤の耳元で雪平が囁いた。

(演技じゃないでしょう。どう見ても)

安藤は囁き返した。

(田口和志の行方がわかりません)

小久保は山路の耳元で囁いた。

(どこかで事件に巻き込まれたか、あるいは逃亡したのか)
(シッ)
美樹は、ようやく、遺体の脇に立った。

安本刑事が、うつ伏せの遺体の左肩をつかみ、顔が見えるように少し起こした。

「ヒッ」

両手で口元を押さえ、美樹は二、三歩後ずさった。

「理恵子……どうして……」

「知っている方でしたか？」

山路が聞く。

「はい……理恵子です」

「理恵子さん？」

「粕谷理恵子……私の同級生です」

それだけ搾り出すように言うと、美樹は泣き始めた。

6

同じ頃。

クロネコヤマトの宅急便の集配センターでは、同じ差出人による翌日朝配達の荷物が二一個、仕分けされていた。

警視庁捜査一課宛てにひとつ。

音羽出版、一ツ橋出版他、出版大手二〇社にひとつずつ。

飾り気のない角2の茶封筒に、赤字で「『推理小説・中巻』在中」と印刷されている。

7

理恵子の遺体を確認した美樹は、そのまま新宿署に護送された。

田口和志が見つからない今、失踪している平井、殺された理恵子のどちらとも接点があり、なおかつ、栗山殺害現場にも居合わせた美樹は、もっとも刑事たちが新事実の発覚に期待を寄せる関係者であった。

事情聴取は、当たり前のように、雪平が担当した。

「あなたは、殺された粕谷理恵子さんとは同級生で、語学の専攻もサークルも一緒。私生活でも、もっとも仲のいい友人だった——合ってますね?」

美樹は、一応、泣き止んではいたが、それでもまだ、精神的な動揺はかなり大きいように見えた。目は泳ぎ、呼吸は荒く、懸命に涙をこらえているようなしぐさが、数分に一度の割合で現れる。

――説明的な振る舞い。

そんな言葉を、ふと雪平は思い浮かべる。

いかんいかん。そんなことを考えている場合じゃない。説明的だからといって、それが嘘で演技とは限らないのだ。多くの人は、無意識に、説明的なしぐさに走るものだ。

「美樹さん？　大丈夫ですか？」

「はい……大丈夫です……」

「あなたは、殺された粕谷理恵子さんとは同級生で、語学の専攻もサークルも一緒。私生活でも、もっとも仲のいい友人だった――合ってますね？」

同じ質問を、あえて、一言一句変えずに繰り返してみる。

「はい……合ってます」

雪平は、理恵子の携帯電話を、静かに美樹の前に置いた。

液晶画面を広げて美樹に見せる。

あらかじめ、雪平はその問題の画面を携帯に表示しておいていた。

「明日、ふたつの命と引き換えに、ぼくの才能は甦る。T．H」

美樹が、大きく息を飲んだ。

二時間ドラマで、初めて名前のついている役を貰った新人の役者のようだ。今度は、雪平だけでなく、安藤までもがそう思った。

「この『T. H』という人間に心当たりは？」

「これ……平井さん？」

「……」

「私たちの先輩で、平井唯人さんって人がいたんです。でも……彼、二年前に急にどっかに行っちゃって、それきり行方不明のはずです」

「平井さんと粕谷理恵子さんの関係は？　元・恋人とか？」

「違います。平井先輩が一方的に理恵子に好意を持っていて……でも、理恵子は、同じミステリ研究会の田口先輩のことが好きで」

「……」

「田口さんはルックスもいいし、文才もあるし、私たち女子チームの憧れで……それに、久留米先生のアシスタントにも選ばれてたし……平井さんは、一緒に申し込んだけどダメだったんです……それで、平井さん、理恵子のこともあって、いつも田口先輩に対抗意識燃やしてて……それで、それで……」

「で、その平井さんと最後に会ったのはいつ頃？」

「二年ほど前です」

「……」

「最後に会った時、すごい傑作を書いたって、久留米先生の力なんか借りなくても、これでデビューして、田口さんのこと見返してやるって。理恵子の気持ちも、絶対に自分に向くはずだって、すごくうれしそうにはしゃいでて――それなのに、それっきり、誰にも何の連絡もないままいなくなっちゃって」


美樹は、とても協力的だった。

時折、涙ぐみながらも、W大学ミステリ研究会内部の人間関係について、OB・久留米隆一郎と彼らの係わりについて、洗いざらい、しゃべりにしゃべった。

田口から何度も好きだと告白されたこと。

久留米からも、冗談を装いつつ何度も誘われたことがあること。

平井も、最初は自分のことが好きだったのだけれど、全然脈がないと思ったのか、そのうち、理恵子狙いに切り替えていたこと。

美樹の話は、時として、事件とは到底無関係と思える話――就職活動における面接官のセクハラとか、ゼミの教授のスキャンダルとか、ジェンダー・フリーの運動がいかに社会の現実と乖離しているかとか――に大きく脱線したが、雪平は苛立つことなく、辛抱強く彼女の話に付き合い続けた。

一通りの話を聞き、パトカーで彼女を自宅に帰らせる頃には、午前四時を回っていた。

「どう思います？　彼女の話」

取調室外の廊下のベンチで、一服している雪平に安藤は質問した。

「あー。『鳥福』で飲みたい」

「は？」

「あの子の話を聞いてて、ひとつだけわかった」

「！　何ですか？　それ」

「生ビールとレバーとささみとつくねとハツ。付き合う？」

貴重な睡眠時間がまた減ることになるが、かといって、ここで雪平の誘いを断るのも妙に惜しい気がした。

「付き合います」

「よし」

雪平は元気よく立ち上がった。

上機嫌に見えた。

こういう、一見上機嫌に見えるときの雪平ほど、本当は不機嫌そのもので荒れに荒れているということを、まだ新米の安藤は知らなかった。

「彼女、何か嘘をついてるんですか？」

「いや、嘘はついてないと思うよ。嘘をつく意味もないし」

「でも、しゃべり方とか表情とか、ちょっと引っかかりませんでした？」

「あー。まーね」

「何か、隠してることがあるっていうか」

「ひとつだけね。この事件とは多分、関係ないけど」

「何ですか、それ」

新宿署の外に出た。

鮮やかな朝焼けが、東の空を染めていた。

「刑事を引退したら、ああいうきれいなもんばっか見て暮らしたいな」

雪平がしみじみと言ったので、安藤は大いに驚いた。

「引退、考えてるんですか？」

「ないよ」

「なんだ……で、さっきの橋野美樹の話ですけど。何か隠してるっていう――」

「たいしたことじゃないよ」

「もったいつけずに話してくださいよ」

「……簡単な話よ」

一呼吸、雪平は間を置いた。

「あの女さ、元々、殺された粕谷理恵子のことが嫌いだったんだね」

「えっ？」

「嫌いな女が殺された。だから、ちょっと嬉しい。でも、そんなこと、バレたら……でしょ？　だから、あんなふうなわざとらしい感じになる」

「でも――ふたりはいつも一緒にいて――サークルの中でも有名な仲良しで――」

雪平は、朝焼けを見つめたまま、それ以上はこの話に乗ってこなかった。

橋野美樹は、粕谷理恵子が嫌いだった。

――アリエナクモナイ。

言われてみると、そんな感じが安藤にもした。

でも、朝焼けに照らされた雪平の横顔があまりにも無駄に美しいので、安藤は、美樹と理恵子の友情について考えるのはやめにした。

醜いものより、美しいものの方が、見ていて幸せに決まっている。

8

粕谷理恵子の遺体発見からちょうど三六時間後。

警視庁は、重要参考人として平井唯人の指名手配に踏み切る決断をした。記者会見は警視庁一七階の大会議室で行われ、その模様は、アニメ放送に固執するとある局を除き、NHKも民放も特番生放送で対応した。

「それでは、ただ今より、新宿区戸山公園会社員及び女子高生殺人事件、並びに、音羽出版編集者殺害事件、並びに、W大学女子大生殺害事件についての、現時点における捜査の進捗状況についてご説明いたします」

大変に回りくどい言い方で、山路の上司である、警視庁刑事部の新井という部長は話し始めた。

「警察、またしても後手に回る！」「防げなかったのか？　問われる警察の責任！」

――そんな見出しを、新聞や週刊誌に書きたてられたせいか、ひな壇の上に座る警察幹部たちの表情は一様に硬かった。

「詳細は、警視庁捜査一課課長・山路哲夫よりご説明させていただきます」

山路が立ち上がった。

「えー、事件現場で発見されました三枚の本の栞、出版各社に送りつけられた、T.Hという著者の書いた『推理小説』、そして、今回、岩崎書房の地下倉庫から発見された素人からの持ち込み原稿。これらはすべて、同じプリンタで印刷されていることが、鑑識の結果、判明いたしました」

記者たちがざわめく。それらが収まるまで、山路は悠然として待つ。こういう時、現場叩き上げの山路は、キャリア組である彼の上司たちより明らかに腹が据わっている。

「二年前、岩崎書房にこの原稿を持ち込んだのは、当時、W大学文学部四年生だった平井唯人。平らな井戸に、唯一の人。ひらいただひと、当時二三歳――であることが判明いたしました。次の殺害予告まであと六日――我々は、この平井唯人を、本・連続殺人事件の重要参考人として、全国に指名手配いたします」

「平井唯人を指名手配」――その記者会見の模様を、瀬崎は、同僚の木村たちと一緒に、編集部にある一五型ブラウン管テレビで見ていた。

「うちに出入りしてたセイガクとは驚きましたよね」

木村が自慢げな笑顔を瀬崎に向けてくる。有名タレントを目撃したことを自慢げに吹聴する心理に近いのかもしれない。

「瀬崎さん、覚えてます？　この平井ってセイガク」

「んー。ぼんやりとはな」

嘘だった。本当は、平井と直接話をした七分間を、このうえなく鮮明に瀬崎は覚えていた。今でもそうしろと言われれば——言われるだろう、警察から——一言一句、その時の会話を正確に書き起こすことが出来るだろう。

あれは、二年前の九月。場所は、岩崎書房の一階にある喫茶コーナーだった。不採用通知を片手に、どうして、自分の原稿が不採用なのか、そう言って食い下がる二三歳のやせぎすの若者相手に、瀬崎は苛立っていた。

「君の作品はさ——全部、絵空事だよ。リアルじゃない」

こういう場合、正直に答えてやるのが、せめてもの礼儀だと瀬崎は思っていた。今でも思っている。

「リアル、ですか？」

「そう。リアル。リアルじゃない作品には、怖さがない。いつか、現実に自分の身に起きても不思議じゃない——そういう気持ちを読者に抱かせるだけの力がない」

「……面白いだけじゃ、いけないっていうんですか？」

平井はそれでも食い下がった。

瀬崎は、笑った。

失笑という言葉は、こういうときのためにあるのだなと瀬崎は知った。

「わからないかな。リアルじゃないものは、イコール、面白くないんだよ。ストーリーが荒唐無稽でも、面白い作品には、必ずある種のリアリティがある」

「直します！　おれ、何度でもこの原稿、直します！」

平井は、土下座せんばかりの勢いで叫んだ。

瀬崎の嫌いな種類の自己アピールだ。

「君のその熱意に免じて、君に何が足りないか教えてあげよう」

ふたり分のコーヒー代を、ちょうど釣りが出ないようにテーブルの上に置きながら、瀬崎は言った。

平井が、「はい」と背筋を伸ばす。

「才能だよ」

「えっ？」

「君には、才能がない」

平井の顔が、一瞬、ふた回りほど大きくなったように見えた。瀬崎は立ち上がり、去った。それが、二年前の九月に、ふたりの間で交わされた会話のすべてである。


テレビでは、平井唯人の写真が、繰り返し何度も映し出される。

「しっかし、この平井ってやつ、バカですよね。もう少し現実味のある金額なら、入札する出版社もあったかもしれないのに」

木村の能天気な声で、瀬崎は現実に引き戻された。

「現実味？」

「投資しても回収出来る範囲内の金額ってことですよ。週刊誌の巻頭特集、あるいは単行本での独占販売。ほら、今、テレビって実録犯罪ドラマが流行りだから、そういうとこに原作権を売ることだって出来るし。だから、最初の三〇〇〇万のままにしとけば――」

「金が目的じゃないんだろう」

瀬崎は遮るように言った。

「金が目的なら、もっと手っ取り早い方法がいくらでもある。小説を書き、その通りに殺人を行い、しかもその時の状況にあわせて再び小説の方も書き直す――その労力と危険とを考えたら、全然見合わない」

「じゃあ、何ですか？　ただ、世間を騒がせたい？　有名になりたい？」

「評価、されたいのさ」

「は？」

「きっと、自分の書いた小説を、きちんと評価されたいのさ」

「はあ……」

木村にはわからないのだろう。

——だから、おまえはいつまでも二流なんだよ。

そう言おうとして瀬崎はやめた。

才能のない人間に、批評は無意味だ。瀬崎は、二年前にそれを学んだのだ。

——平井がいい例だ。

そして、同じ過ちを繰り返していいほど、人生は長くない。

9

派手な指名手配。増員された捜査員。しかし、それから一日経ち、二日経ち、三日経っても、平井唯人の行方を警察はつかむことが出来ずにいた。

W大学の級友たちで、この二年間、平井の姿を見た者は皆無だった。メールを受け取った者もいなかった。粕谷理恵子に対して二度ほど「傑作を書いたら帰る」というメールが来ていたという情報はあったが、理恵子の携帯のメモリは一杯で、半年以上前のメールなど、とっくに削除されていた。

平井のアパート周辺でも、目撃情報は皆無だった。床の埃の積もり具合から見て、一ヶ月以内に誰かが部屋の掃除をしたのは確かなのだが、隣人のフリーターは物音ひとつ聞いてはおらず、反対隣は、ずっと空室だった。

平井は二年間、実家にもまったく立ち寄っていないようだった。家族はもちろん、近所の住民からも、目撃証言は全く得られなかった。

蛇足だが、T.Hの書く『推理小説・中巻』には、警察が平井の実家に聞き込みに行くくだりがやはり描写されており、更には左記のようなコメントが添えられていた。

「平井は二年間、実家にもまったく立ち寄っていないようだった。家族はもちろん、近所の住民からも、目撃証言は全く得られなかった。

ちなみに、指名手配されたその日から、鳥取にある平井唯人の実家には、夥しい数の嫌がらせ、無言電話、脅迫FAXなどが届くことになるのだが、この小説では、その件については深く触れない。人々の多くが愚かで醜いという事実は、あまりにありふれていて、多くの行数をかけて描写するほどの価値はない」

——『推理小説・中巻』より抜粋

警察の聞き込みより前に『推理小説・中巻』は書かれているわけで、ということはつまり、警察が「平井唯人」という存在に辿り着くということ、公開捜査に踏み切るということ、実家にまで聞き込みに行って、なおかつ、何ら有効な目撃情報が得られないということについて、「T．H」は一〇〇％近い確信を持っていたことになる。

「それこそが、『T．H』が平井唯人本人である証拠だ」と刑事の多くは考えた。

雪平は、別の考えを持っていた。

平井のサークルの先輩であり、殺された粕谷理恵子のかつての恋人である田口和志は、理恵子の遺体が発見された翌朝、成田空港より東南アジアへと脱出していたことが、イミグレーションの記録から確認された。

粕谷理恵子が、自分がかつて幹事を務めたサークルの部室で殺害されたという事実を、田口は知っていたのか。それとも知らなかったのか。ただ——成田のホテル日航に田口は事件当日の深夜〇時にチェック・インしており——フロントの女性が、確かに田口本人がチェック・インしたと写真を見て証言した。ずば抜けた美男子というのは、こういう時に効力を発揮する——、理恵子の死亡推定時刻が同じくその日の一八時であることを考えると、田口本人に理恵子殺害のチャンスは十分あったと考えられる。刑事の多くは、田口の身柄確保こそ今回の連続殺人事件解決の突破口になると期待していた。

雪平は、別の考えを持っていた。

雪平と安藤は、広尾にある久留米の仕事場を訪ねた。

「一度、じっくりあなたとお話がしたいと思ってたんですよ。殺害現場に寝転んでみる女刑事さん」

久留米は、爽やかな笑顔で雪平を迎えた。

なぜ、久留米が雪平の「儀式」を知っているのか、そのことを安藤はすぐに突っ込もうとしたが、雪平自身はそのことには全く興味はないようだった。

久留米の傍らには秘書の茉莉がいた。自発的に席を外すつもりはなさそうだった。

それについても、雪平はどうでもいいらしかった。

「あなたと、平井唯人との関係を教えていただけますか?」

雪平も、久留米に合わせて、笑顔で切り出した。

「何のことですか?」

「おとぼけはなしにしましょう、先生。T.Hが予告した次の殺人まで、もう時間がないんです」

「……」

久留米は、ちらりと秘書の茉莉を見た。

茉莉は、無表情のままだった。

安藤は、雪平夏見と小沢茉莉のどちらがより美人だろうか考えた。

「ミステリ研の女の子から聞きました」

雪平は涼しい顔で続ける。

「あなたが今、田口くんの後釜に考えている、かわいくて野心家の女の子」

久留米は微笑むだけで何も言わない。

返事がないのは、事実だからと判断する。

「あなたは、大学のサークルの後輩に、自分の書くミステリの下書きをさせていた。将来のメジャー・デビューをちらつかせて。とても安いギャラで」

「いやあ……」

久留米は、今度は照れ笑いをする。まるで、誉められでもしたかのようだ。

「あなたは、田口和志くんと平井唯人のふたりに目をつけ、競わせた。田口くんはあなたに気に入られ、平井は失意のあまり行方をくらました」

「なんだよ、バレてるし。あーあー。これじゃ、何のために、田口に口止め料払ってまで海外にやったんだか」

なあ、と言いながら、また久留米は茉莉を見た。

「先生。ここまでは、事実ですね？」

「半分は」

「半分？」

久留米は立ち上がり、窓から外を眩しそうにちらりと見た。多分、意味はないと思う。

「田口はね、私のコネと力を利用しようとしました。平井は、田口よりずっと青臭かった。自分自身の努力と才能で道を切り開いてみせる……そう、そんな青臭いタンカを私に向かって切った。そして、私と今一番縁の遠い――かつて私がデビューさせてもらい、そして最後には私が裏切った、老舗の岩崎書房へ原稿を持ち込んだ」

岩崎書房。安藤は、瀬崎の顔を即座に思い浮かべた。

「幸か不幸か、平井は、きちんと原稿の読める編集者にブチ当たった。才能が足りないことを簡単に見抜かれた。ナルシストだった平井は荒れ狂い、片思いの女に無理やり迫って軽蔑され、いや、違った——無理やり迫ったなんて、生易しいもんじゃなかったらしい。レイプの一歩手前っていう噂もあった——で、いたたまれなくなって失踪した。もしかしたら、彼女に訴えられると思ったのかもしれない」

「……」

「どう？　かなーり愚かな男でしょ。作家に必要なのは、まず第一に厚顔無恥。その基本がわかってない。フッフッフ」

今度は茉莉がチラリと久留米を見た。

久留米は、遊び半分で寝た女の口癖をわざと真似る癖がある。本人曰く、それも若い感覚を維持するための努力のひとつであると。

「平井唯人と最後に話をされたのはいつですか？」

雪平は、久留米と茉莉の関係にも、興味はなさそうだった。

「やつが失踪する一週間ほど前かな。もっとも、失踪の噂を聞いてから二週間くらいあとに、郵便で、頼んでたビデオは届いたけど」

「ビデオ？　何のビデオです？」

「アルバイトで頼んでいた、殺人現場のビデオ・テープ♪　こう殺人が多くちゃ、自分ひとりではとてもじゃないけど手が回らなくてね」

「は？」

久留米は、デスクの引き出しからリモコンを取り出した。久留米の書斎は、本棚が二重で電動式になっている。仕事の資料の奥から、するすると、久留米の秘蔵ビデオ・コレクションが現れた。すべてのテープのラベルに、日付、事件の概要、そして、殺人から何時間後の現場なのかが印字されて貼られている。

「な、何ですか、これ……」

安藤は、そのコレクションの醸し出す異様な雰囲気に圧倒された。

「新しい作品のためのインスピレーションが欲しくてね。どう、見ます？」

「見ます」

当たり前のことを聞くな、と雪平は言っているようだった。

10

平井唯人撮影とされるそのビデオ・テープは、二年前の一〇月に、静岡で撮影されたものだった。

不動産会社の社長が、解雇した従業員ふたりに拉致され、深夜、県道沿いのガソリン・スタンドで生きたまま燃やされた。ビデオには、その現場の、死体発見から四八時間後の様子が映されていた。

黄色いロープが張ってあるだけで、動きらしい動きはほとんどない。

死体はとっくに運び出され、現場検証は既に終わり、雲霞《うんか》のごとく群がっていたマスコミの人間も今やひとりもいない。

五分後、ビデオ・カメラとガソリン・スタンドの間を、一台のタンク・ローリーが通過した。

それっきり。

そのまま、また、何の動きもない画に戻り、一〇分後にビデオは終わった。

青い画面に戻ったところで、安藤はデッキのストップ・ボタンを押した。

「何なんだ、これは(カチャカチャカチャカチャ)」

これ以上ないくらい不機嫌な声で山路が言う。他の刑事も、おそらくは同じ気持ちだろう。事件解決の糸口になるかと期待されていただけに、今見せられた退屈なビデオへの失望感も、より大きくなっているようだった。

「一応、失踪後に平井が撮影したと思われるビデオです。場所は、静岡です。死体発見から四八時間後の現場だそうです」

同じ説明を、もう一度、安藤は繰り返した。

「だから、そんなビデオに何の意味があるんだ（カチャカチャカチャカチャ）」

雪平が助け舟を出す。

「ビデオ・カセットから、平井の指紋が見つかりました。あの部屋に残されていた血の指紋も、平井唯人のものでしたよね」

「だから、どうした」

「つまり、久留米隆一郎の証言が本当だとすると、平井は失踪後も、最低二週間は生きていたことが確定しますね。自殺とかしたりせずに」

「自殺？」

自慢の銀のジッポを、カタリと山路はデスクに置いた。興味を持った証拠だ。

「どうして、自殺なんてワードが出てくるんだ、ここで」

精一杯丁寧に、山路は雪平に問う。

「腑に落ちないんです」

「あん？」

「才能のないナルシスト。つぶしのきかない文学青年。もちろん、生活力のあるタイプじゃない。精神的にもタフじゃない。そんな男が、二年間、親も親戚も友人も頼らず、誰にも連絡ひとつせず、ひとりきりで生き抜いていけるでしょうか？」

「……」

突飛でありながら、それでいて、山路も、他の刑事たちも、とっさに反論できないだけの説得力が雪平の発言にはあった。

自殺。

平井は、既に、自殺。

そんなことが、しかし、有り得るだろうか。

すべての証拠が、平井唯人という男を指し示しているというのに。

11

聞き込み捜査の再開のために、雪平と安藤は再び外に出る。夕刻というにはまだタイミングがひとつ半ほど早い。ヒート・アイランド現象に覆われた東京は、バンコクかニュー・デリー並みの暑さをキープしていた。

「あの『推理小説』、このままどこも入札しないんですかね」

覆面車のエアコンを全開にして走りながら、安藤。

「さあね」

「犯人、次の予告殺人、やりますかね」

「やるでしょ。予告した以上、必ず」

確かに、やるだろう。中東のテロリストが、予告したテロは必ず命がけでやるように――それによって、自らの求心力を維持しているように――『推理小説』の作者も、必ず、命がけで予告殺人を行うはずだ。予告を実行しなかった瞬間に、『推理小説』の価値は暴落する。そのくらいのことはわかっているはずだ。

「七歳の女の子、『みっちゃん』か……」

「……」

「そんなの……むごすぎる！」

「じゃあ、七〇の婆さんが被害者ならむごくないの？」

「いえ、そういうわけじゃないですけど……」

雪平の機嫌が悪いのかと思い、安藤はハンドルを握りながら、チラリと彼女の顔色を盗み見た。通り沿いを、下校中の小学生たちがたくさん歩いていて、雪平はその児童の群れを、ぼんやりと見つめていた。

「安藤、そこ、左に入って」

突然、雪平からの命令が来た。

「えっ？　でも、次の聞き込み先は――」

「いいから」

安藤は、ハンドルを左に切る。

信号ふたつ先を、今度は右に切る。

と、そこは、とある小学校の正門前だった。

都会らしい、やけに小さな校庭がある。


美央は、その小さな校庭にいた。数人の男子生徒に、何か言われている。安藤に、もしエスパー並みの聴力があったなら、あるいは、読唇術を彼が使えたなら、悪がきたちが口々に「お前、人殺しの娘なんだって?」とか、「そんなやつ、学校来んなよな」などと言っていたのがわかっただろう。

美央は俯いて、級友たちの悪態をやりすごす。黙ってさえいれば、すぐに飽きて彼らは去るのを美央は経験で知っていた。彼らはただ、共通の「敵」が欲しいのだ。果たして、今日もその通りになった。

彼らが一〇メートル以上離れたのを感じてから、美央は俯いていた顔を上げた。

「!」

視線のまっすぐ先、校門の外からじっと、美央を見つめている雪平の瞳があった。

時間にしたら、ほんの二、三秒、母と娘は、久々に、一対一で向き合い、見つめ合った。

視線は、美央が逸らした。

美央は、雪平のいる正門から帰るのをやめ、裏門の方へと走り去った。

運転席から降りなかった安藤からは、雪平の表情は見えなかった。彼女は、肩を落とすわけでもなく、背中を震わせもしなかった。

雪平の携帯電話が最大ヴォリュームで鳴った。

「はい、雪平」

彼女は、即座に出た。

電話の相手は久留米だった。

「言い忘れていたことがありました。美しい刑事さんの、何かの参考になればいいんですが」

「どんなお話でしょう」

「例の『推理小説』、読ませていただきました。で、三流作家の私にも、ひとつ、気づいたことがありましてね――」

一分ほど久留米からの話を聞き、雪平は助手席へと戻ってきた。

「今、久留米先生から面白い電話があったわよ」

「は?」

「ちょっと、聞き込みの予定、変更させて」

いつもの刑事の顔だった。

なので、安藤は、雪平の決めたことに異議を差し挟むことは控えた。

12

雪平への電話で、「国民の義務」のひとつを久留米は果たした。と同時に、この物語における久留米の役割も終わった。彼は、すべての仕事を中断すると、ずっと大事に仕舞っていた時価二〇万円はくだらないという一九六一年のボルドーを飲もうと茉莉を誘った。

「キャンドルの灯りでさ。たまには」

子供のようにはしゃぐ久留米が、痛々しい。

そのうち、久留米の「ゴースト・ライター・スキャンダル」は世に出てしまうだろう。その後は、果たしてどうなるのか。それでも、久留米は作家を続けるのだろうか。続けられるのだろうか。私との関係はどうなるのだろうか。冷蔵庫からモッツァレラ・チーズを取り出して細く裂き、トマトとフレッシュ・バジルを、塩とオリーブ・オイルで和えながら、茉莉はずっとそんなことを考えていた。

皿を持ち、彼の仕事場へと入る。

「?」

久留米は、茉莉に拳銃を向けていた。

つい数日前、茉莉が田口に向けたのと同じ代物だ。

「田口のやつ、こいつに本気でビビッてたな。瀬崎や栗山におれを売ろうとしたこと、土下座して謝るし」

久留米は、上機嫌そのものといった雰囲気だ。

「で、どうして私に銃を?」

「嫌いなやつは殺せなくても、好きな女なら殺せるかもしれない」

「先生に、人は殺せません」

「どうして」

「先生は、普通の人ですから」

久留米は、微笑もうとした。うまく微笑むことは出来なかった。

「いくら、殺害現場のビデオを集めたり、破天荒に振る舞って狂気を身に付けようとしても、普通の人は、やっぱり普通の人なんです」

「生まれついての、才能か……」

「でも、いい所もたくさんおありです」

「慰めになってないよ」

「……」

茉莉は、片付けられた広い応接テーブルの上に皿を置き、そして、久留米の前にキャンドルを置いた。

「パーン」

久留米は、口でそう言いながら、キャンドルに向かって拳銃の引き金を引いた。

銃口の先にポッと火がつく。

ライターだった。

火は、キャンドルの先端にゆっくりと移り、やがて、柔らかく暖かな光が静かに仕事部屋を包み込んだ。

「読みたいな」

「は?」

「あの『推理小説』の続きだよ。あの小説は、絶対にラスト・シーンまで書いてある」

時価二〇万円のボルドーを、水道水のように無造作に注ぎながら久留米は言う。

「それも、現実に起きることと、寸分たがわぬラスト・シーンが」

「……」

「これは、作家としてじゃない。いち推理小説ファンとして、そのラストを何としてもおれは読みたい」

『推理小説』の作家に、久留米が嫉妬しているように茉莉には見えた。憧れているようにも見えた。

――この事件が終わったらこの人は、今までよりはマシな作品を書けるようになるかもしれないナ。

そんな予感が茉莉の中に生まれた。もっとも、何をもってして「マシ」と判断するかはとても難しい問題だし、そのマシな作品が、今までほどは世の中に受け容れられるとも茉莉には思えない。Aを欲しがればBは逃げる。Bを欲しいのならAは諦める。それが現実。小説も、そして恋愛も。

久留米と茉莉は、無言でグラスを軽くぶつける。

Aフラットの長い余韻が、何かの終わりと始まりを告げる鐘の音のように鳴った。

第六章　告白の夜　告白の朝

1

「女刑事が、街中で、一七歳の少年を射殺」

このニュースが駆け巡った当初、マスコミは、雪平寄りに立つか、死んだ少年側に立つか、しばし迷っているかのように見えた。

雪平がナチュラル・メークなどをして即座に記者会見に応じ、涙のひとつも浮かべつつ話をすれば、おそらくは、報道の大半は彼女に味方したことだろう。が、現実はそうはならなかった。

「職務上、当然の行為をしたまで」と、木で鼻をくくったような雪平のコメントに、正義漢気取りのマスコミたちは一斉に不快感を表明した。

「発砲は果たして正当だったのか」

「命まで奪う必要はなかったのではないか」

そして、ワイド・ショーは、殺された少年のクラスメートたちのインタビュー映像を繰り返し放映した。根は、優しいヤツだった。友達思いで明るいヤツだった。ヤクに嵌《はま》る前は——覚醒剤に嵌る前は、誰でもそうだと思うのだが——普通にいいヤツだったと。その少年が、覚醒剤常習者になってから以後の彼の犯歴は、ほとんど取り上げもせず。


事件から三日後。

騒ぎの沈静化を狙って、警察の上層部は、事実関係の調査委員会を設けると発表した。と同時に、雪平に対して、「心労のため、二週間程度の休暇」を暗に勧めて来た。

雪平は拒否した。

出勤してくる雪平に、マスコミ関係者はしつこくまとわりついた。

「雪平刑事、今日、被害者の初七日ですが、今の心境は？」

「発砲行為の正当性は認められると思いますか？」

「お子さんがいらっしゃるそうですが、被害者のご両親に対して何かコメントは？」

「昨日はよく眠れました?」

雪平は立ち止まり、これ以上ないくらいの冷ややかな視線を記者たちに注いだ。

その表情を――かわいげはひとかけらもないが、美しいことは美しい――テレビカメラはアップで捉え、全国にその映像を配信した。

「取材は、広報を通してくださいと何度もお願いしたはずです。あなた方は、そんな簡単なルールも守れないのですか?」

こういう時、すっと黙り込む人間にはまだ救いがある。

「雪平さん、じゃあ、最後にひとつだけ」

何が、じゃあ、なのかよくわからない。

「また同じような状況になったら、あなたは犯人を撃ちますか?」

「は?」

「また同じような状況になったら、あなたは犯人を撃ちますか?」

彼らがその答えに何を期待しているのかはわかっていた。期待通りのことを言うのは癪だった。だが、嘘をつくわけにもいかなかった。

「撃ちますよ――迷わずにすぐ」

彼女に対するバッシングが激しさを増したのは、言うまでもない。

夫が、雪平に「別居」を切り出したのは、その発言のちょうど一ヶ月後。

別居が、離婚に発展するのには、それから僅か二ヶ月しかかからなかった。

発砲事件は、単なるきっかけに過ぎない。

夢中で仕事をしているうちに、自分では気づいていなかった溝が、いくつも生まれていたのだろう。

雪平は、今でも時々自分に言い聞かす。

あれは、単なるきっかけに過ぎない。

発砲事件は、単なるきっかけに過ぎない。

私は、間違っていない。

また同じような状況にぶつかったら——私は、迷わず撃つ。

2

自殺について、話をしよう。

私は、これから自殺——一般的な方法とは違うが、自分で死を選ぶという意味では、紛れもない自殺である——をしようとしている人間である。

最初に自殺を考えたのは一三歳。中学二年生になりたての春だ。

原因は忘れた。

深夜、私は家を抜け出し、徒歩五分ほどの所にあった八階建てのマンションの屋上へと上った。私の住んでいた街は、当時まだ開発が進んでおらず、その八階建てマンションが、近所では唯一の高層建築物だった。マンションの通りを挟んだ向かい側には、その頃にはまだ立派な雑木林が残っていて、屋上に立つ私の目の高さが、空に向かって伸びる雑木林の枝の先端と一緒だった。

屋上には、黒く塗装された一メートルほどの柵があった。私は、その柵を乗り越え、外側に出た。こういう時、靴を脱ぐべきか迷ったが、あまり脱ぐ意味がわからなかったので、そのまま飛び降りることにした。

柵から手を放す。

背筋を伸ばし、顔を少し上に向け、静かに目を閉じる。

無宗教の人間のくせに、なぜか敬虔な気持ちになる。

このまま飛べばいい。

そう。このまま飛べば――

その瞬間だった。

突風が、いきなり私の背中を強く押した。

私はバランスを崩し、体の半分以上が外に飛び出したような気がした。

何とかバランスを取ろうと、手をバタバタ振り回す。まるで、テイク・オフに失敗したスキーのジャンプの選手のように。あの時、なんとか左手の小指が柵に引っかからなかったら、私はもうこの世にいなかった。

その時の私ほど、惨めで滑稽な人間はなかなかいないと思う。

死ぬと決めていたにもかかわらず、私はその恐怖に、体の芯から凍えていた。


二度目に自殺を考えたのは、二三歳の時だった。

サラリーマン仕事は退屈で、上司も同僚もおしなべて無能だった。無能なうえに厚顔だった。朝のラッシュは人間の尊厳を日々細かく削り取り、他人のフケやワキガや口臭に鈍感になっていく自分に怯えた。

そのアイデアは、唐突にやってきた。

プラットホームから転げ落ちた誰かを助け、自分は、その人の身代わりとなって死ぬというのはどうだろう。

誰も、自殺とは思わない。多少の英雄扱いすらされそうだ。どんなに頑張って生きても、人は死んだ瞬間から忘れ去られていく存在だが、誰かを助けて死んだとなれば、若干の例外はある気がする。少なくとも、命を助けられた本人は私のことを一生忘れないだろうし、その本人の家族や、恋人も、私に最大限の感謝を捧げてくれるだろう。その本人に子供が出来たり、孫が出来たりしたら、その子たちにも、かつて君たちの遺伝子を守るために死んだ「私」という人間がいたことを語って聞かせてくれることだろう。

ささやかだが、この世に生きた痕跡を残せる。最高のアイデア。

が——結局、このアイデアは実行されなかった。

当時、私の隣のデスクに座っていたOLに、こんな意見を言われたからだ。

「命の恩人でもォ、みんな毎日それなりに忙しいわけだしィ、いずれは忘れちゃうんじゃないですかァ」

今思えば笑い話だが、その瞬間は、目からウロコが落ちたような気がした。

私のアイデアと、彼女の意見と、果たしてどちらに現実味——リアリティ——があるだろうか。

考えるまでもない。

彼女だ。

そのOL――名前を、谷田寛子という。本人は、平凡だからという理由でその名を気に入ってはいなかった――とは、それから何度か飯を食い、一度だけセックスもしたが、恋愛感情には発展しなかった。でも、人生において、出会ってよかったと思える人物を三人挙げなさいというアンケートを書く機会があったら、私は谷田寛子の名前を書こうと思っている。

第二位に。

――『推理小説・下巻』冒頭より抜粋

3

夜。

不機嫌さを隠しもせずに、瀬崎は岩崎書房の本社ビルから出てきた。

『推理小説・下巻』の最低入札金額が一億円に値上げされたことによって、岩崎書房は早々に「入札レース」からの撤退を決めた。が、元・銀行マンという異色の肩書きを持つ部長の森川は、転んでもタダでは絶対に起きないのを信条としていた。

「平井唯人の持ち込み原稿を出版しようじゃないか」

『野望の果て』という、最初からB級狙いのVシネマも裸足で逃げ出すようなタイトルがつけられたその持ち込み原稿は、まず、どんな新人文芸賞コンクールでも、一次審査すら通らないであろうデキだった。

瀬崎は、いつになく強い語気で反論を述べた。

卑しくも、出版社が作品を世に問うには、最低限のレベルが求められるはずだと。この作品で、一円でも金を取るのは、それは下品を通り越して詐欺と言うべきものである。

森川は冷静に反論した。

出版すべきと考える理由、その一。『野望の果て』は、作品としては著しく稚拙だが、持ち込みの二年後に連続殺人鬼となる人間の心理分析の材料と考えれば、これは非常に貴重なテキストと考えられる。その二。ベストセラーが生まれると、読者の多くは、同じ作家の作品を、デビューに遡って読み直すという傾向がある。ゆえに、『推理小説』で抜群の知名度を得たT．H＝平井唯人のデビュー作も、出版すれば大きな売り上げが見込めるのは間違いない。

瀬崎は、もう一度、反論した。
T．Hが平井唯人だと、一〇〇％確定したわけではない。もし、万が一、T．Hが平井ではなかった場合、岩崎書房は、単なる駄作を、多くの読者に買わせてしまうことになる。
売れればいいんだヨ、と答える代わりに、森川は一度大きく伸びをした。

「瀬崎」

「はい」

「この平井のデビュー作、担当編集者はおまえがやれ」

「は？」

「おまえが担当をすることで、こいつの持つ話題性は更に何倍にもなる」

この男は確信犯なのだ。これ以上の議論は意味を持たない。

——明日、辞表を出そう。

思えば、この会社にも長く居過ぎた。辞めるにはいい頃合かもしれない。

そんなことを思いつつ、瀬崎が正面玄関から出て来た時だった。

「瀬崎さん」

通りを挟んで向かい側に、雪平が立っていた。

「刑事さん……まだ、捜査で何か？」

それなら、通りで待たずに堂々と社内に来てくれればいいのに。すべてに最優先で便宜を図ってもらえたはずだ。

「捜査じゃなくて、ただ、お待ちしてたんです」

「ぼくを、ですか？」

「ええ。この前お約束したビール、今夜あたりどうですか？」

「鳥福」はその日も混み合ってはいたが、カウンターの一番奥にちょうどふたつ、雪平と瀬崎を待っていたかのように席が空いていた。

大根おろしに白子干しを載せただけの簡単なお通し。そして、生ビールがふたつ。ふたりの前に手早く並べられる。

「乾杯♪」

仮にも、殺人事件の担当刑事が、その事件の関係者のひとりと酒を飲んでいいのだろうか。週刊誌の記者にでも知られたら、署内で立場は悪くなったりしないのだろうか。が、そんな心配を口にするには、雪平はあまりに無邪気な笑顔だった。中ジョッキを一気に半分ほど飲み干すと、口に泡をつけたままニコニコと笑う。

「本当に、こうしてふたりで飲めるなんて思いませんでしたよ」

「どうして？　約束したじゃないですか」

「まあ、それはそうですけど」

∞

「どうして、編集者になろうと思ったんですか？」

話題を変えてみる。答えにくい質問だとは思うが、聞いてみる価値はある気がする。

「鳥福」自慢のささみ焼きが出てくる。中は生のまま外側だけあっさり焼いて、その上に、新鮮なわさびをたっぷり。

「好きなんですね、小説が」

そのわさびの量に、少しびびりながら、瀬崎は答える。

「自分で書くと、せいぜい年に一、二冊でしょ？　でも、編集者なら、年に何十冊も、自分の読みたい小説の企画が出せる。年に何十冊も、自分が面白いと思うものを世に出せる。人に薦められる。すごく才能のある作家と出会えたら、世界中の誰よりも先に、その奇跡の傑作を読むことが出来る――我ながら、ずいぶんと幸せな夢を見ていたものです」

肩をすくめ、淋しそうに彼はおどけて見せる。

「現実は、違ったんですか？」

「大違い。まず、ぼくより面白いものを書ける作家が全然いない」

聞きようによっては、傲慢そのものの物言いだが、彼にははにかみながら言われると、そういう気がしないから不思議だと雪平は思う。女相手にいい所を見せようとしてしゃべっているのではなく、ただ単に、彼は事実を話しているのだろう。

「なら、自分で書け」

雪平は、生ビールを焼酎のロックに切り替えながら、ポンと瀬崎の肩を叩く。

「ね！　でも、ぼくが面白いと思うものは、たいてい理解されない。読者ってやつは、とかく保守的でね。お約束通りのどんでん返ししか認めない。そんなのもう、どんでん返しとは呼べないと思うんですけどね」

瀬崎はまだ一杯目の生ビールをチビリチビリやっている。

「あー、それは残念。飲め！」

また、命令してみた。

「はい」

瀬崎は素直に飲んだ。

「雪平さんは、どうして刑事に？」

なるほど。そういう切り返しか。答えにくい質問だが、今日はまじめに答えてみようかと思う。

「格好いいかなって」

「は？」

「デスクワークは性に合わないし、警察なら、最初っから住むとこバッチリだし。で、最初は交通課の婦警さん」

「取り締まり、厳しそうだ」

「何ィ！　飲め」

「はい」

　また瀬崎は素直に飲んだ。

「二〇〇〇台ほどレッカーして、仕事に飽きる。それから考える。いつか結婚して、子供が生まれて、そしたら私、どうするんだろう。子供にどんな私を見せたいんだろう。同じ見せるなら、ダサいより、格好いい方がいいよなあ。毎日、地面にチョークで印つけてるより、刑事の方が格好良さそうだ。『ママ、今日ね、殺人犯、逮捕しちゃった♪』みたいな――わかります？」

「たくさん逮捕しました？」

「しましたねえ。たくさん、逮捕しました」

「そろそろ、飽きた？」

「まだ飽きない。でも――」

「でも？」

「たまに、違う生き方もあったのかな、くらいはね」

――私は喋り過ぎている。

そういう自覚が雪平にはきちんとあった。でも、ブレーキがうまくかかっていない。夕方の小学校、自分からすっと目を逸らして去った、あの美央の後ろ姿が忘れられない。

「……ま、今さら手遅れなんだけど」

――とにかく、話題を変えよう。さて、何にしよう。

「それ、違うと思うな」

「えっ？」

「ぼんじりは、熱いうちがいいですよ」

いつのまにか、ぼんじりが出ていた。ハツとオクラ巻きも出ていた。

「はい」

雪平は、素直にぼんじりを一口食べた。アツアツの脂が感動的に旨かった。

「自分らしく生きるのに、手遅れなんてありません」

「……」

「人生なんて、決心ひとつで変えられる。そうは思いませんか」

ハッとオクラ巻きを串から外しながら、瀬崎はそんなことをさらりという。赤面もののクサいセリフだが、雪平の心には素直に染みた。今夜は、素直がブームのようだ。

「瀬崎さん、もう酔ってます？」

動揺を悟られないように、慎重に声をコントロールする。

「はい。酒、弱いんだけど、顔に出ないたちなんです」

はにかみながら、瀬崎は答え、照れ隠しのようにオクラ巻きを口に放り込んだ。その返し方が、またしても雪平のストライク・ゾーン――同僚の刑事たちには、理解不能なストライク・ゾーン――のど真ん中を通過していった。

4

朝まで、泥のように眠るだろう。なにせ、事件発生から今夜まで、安藤の平均睡眠時間は三時間を切っていたのだ。なので、雪平が突然夜の七時に捜査をやめ、今夜は互いに休息の日にしようと言い出したときは、犬のようにただひたすらうんうん頷いていた。重度のワーカホリックである雪平が、なぜ突然休むなどと言い出したのか、その理由を推理する気力も体力も安藤には残っていなかった。

雪平の気が変わらぬうちにと車に飛び乗り、まっすぐ家に帰る。シャワーもそこそこにベッドに飛び込む。まだ八時にもなっていないが、気にしないことにする。朝六時までには一〇時間。それでもきっと寝たりないくらいだろう。

が、実際は、ほんの三時間、夜の一一時を過ぎたところでパッチリと安藤の目は覚めてしまった。

三時間以上眠れない体になってしまったのか。体はどんより重いのに、なぜか、何度寝返りを打っても、安藤は眠りの世界に戻ってはいけなかった。

――雪平さんは、今頃何をしているだろう。

恋人のことではなく、雪平のことを考える自分に苦笑する。

この時間、捜査をしていないのなら、九九%、「鳥福」という焼き鳥屋のカウンターにいるはずだ。味と安さ以外には何一つ取り柄のない焼き鳥屋。

(それ以外に、何の取り柄が必要だろうか)

帰りのことを考え、安藤は自分の車ではなくタクシーを使った。いなければいないで――そんなことは有り得ないと思うが――その時は、ひとりで一杯飲んで、それからもう一度寝ればいい。

目黒区権之助坂のY字交差点でタクシーを降りる。と、ほぼ同時に、「鳥福」の中から、酔っ払った雪平が、男の肩につかまってふらふらと外に出てきた。

男は瀬崎だった。

タクシーを止め、そのままふたりは仲良く乗り込む。そして、呆然と立ち尽くす安藤をその場に残し、ふたりを乗せたタクシーは去った。

5

マンションの前まで送ったら、そのまま帰るつもりだった。本当に。

コーヒーを一杯だけ飲んでいけ、そう強引に誘ってきたのは雪平の方だった。

一歩、雪平の部屋に足を踏み入れたときの、あの驚きを言葉で表現するのは難しい。結果的に散らかった、という類の部屋ではない。とことんまで汚すという強固な意志が働いたとしか思えない。あるいは、この部屋の主が精神を病んでいるのか。

そんな瀬崎の思考など、酔った雪平の思考からは二ヘクタールほど隔たっていたようだ。

「ほら。上がった上がった」

上機嫌そのものといった雰囲気で、足でゴミを左右に蹴飛ばし、ふたりの座るスペースを作る雪平。

「はい、どうぞ」

「あ、どうも」

「何飲む？ っていっても、焼酎かビールしかないけど」

「えっ？ コーヒーは？」

「ああ、コーヒーね。コーヒー」

ふらふらと、雪平はかつてキッチンと呼ばれていた場所に立つ。

瀬崎は、もう一度、心を落ち着けながら、雪平の部屋をぐるりと見回した。

ゴミの壁の向こうに、本物の壁があり、そこに、幼い子供の手で描かれたと思われる絵が貼られている。

雪平に似た女。

その横に小さな女の子。

そして、ふたりの後ろ、夕焼け空の遠くに、東京タワーが描き込まれている。

「……子供、いるんだ」

「あー、まあね」

自分用の焼酎のロックを手に——まだ、飲むのだ、この女は——雪平は戻ってきた。コーヒーはまだらしい。

「単身赴任？」

「何でよ……離婚」

楽しそうに雪平は笑う。

「しまったなあ。男連れ込むとわかってたら、外しといたのに」

「その前に、部屋を掃除しようよ」

「何？」

「いや」

ゴミの山に再びふたつほど蹴りをくれる。道が出来る。女モーゼは、その道を通って、絵の前に立った。

「私と美央、お台場のグラン・ハイツの屋上に立つの図」

「へえ。美央ちゃん……」

「家族三人で、新築マンションのモデルルームに行くのが趣味だったの。似合わないでしょ。買えもしないのにさ」

「でも、引越しを考えるのは楽しい。ぼくも好きです」

「でも、もう嫌われた」

「えっ？」

∞

「今日、学校の近くを通ったから、いるかなーって覗いてみたら、偶然あの子がいてさ。目が合ったの」

——私は、また喋り過ぎている。

——しかも、酔いを言い訳にして。

「逸らされちゃった。プイッて」

「……どうして」

「私が、人殺しだから」

「……」

「薬物中毒の強盗殺人犯を、追跡して射殺。そしたら、犯人は、なんと一七歳でしたぁ！　いやあ、叩かれた叩かれた。私の夫も、私の娘も、私のこと、なんか違う生き物でも見るみたいな感じでさ」

——私は、本当に、喋り過ぎだ。


今でも、思い出すと胃の辺りに不快な塊が出現する。

少年を射殺してからちょうど一週間後。警視庁の一六階、ノンキャリアの人間が足を踏み入れることは滅多にないペルシャ絨毯を敷き詰めた幹部応接室に雪平は呼ばれた。

「しばらく、休暇を取るというのはどうかな」

雪平を呼びつけたそのキャリア幹部は、世の中には威圧的な猫なで声というものも存在することを雪平に教えてくれた。

「もちろん、君の行為の正当性は私たちも認めている」

「……」

「拳銃の使用は正しい判断だった。しかし、死んだ犯人がまだ一七歳ということで、世論は、納得のいく落としどころを求めている。たとえば——」

落としどころ？　正しい判断で正しい行動をした。それに、何の落としどころが必要だというのか。

「休みをいただくつもりはありません」

雪平は、最初から決めていた答えを述べた。

「雪平くん。職務の上とはいえ、人ひとりの命を奪ったんだ。しばらくは平常心で仕事を続けるのは難しいんじゃないかな」

「いえ、大丈夫です。私の気持ちとしては、通常通りの勤務をさせていただいた方が嬉しいです」

その瞬間だった。

そのキャリア幹部は、テーブルを力一杯両手で叩いた。

「わからんやつだね、君は！　世間向けのポーズは取れないのかと言ってるんだ！　君の気持ちなどどうでもいい！」

「……」

「好きで撃ったわけじゃない！　必要に迫られてやむをえず撃った！　撃った方も、それ相応の心の傷を負った！　だから、やつれもするし仕事も休む！　わかったか！　それですべては丸く収まるんだ！」

「……」

凶悪犯相手にデスクを叩くことはあっても、逆をされたのは初めてだった。

正直、全然効果はない。

今後、自分は、机を叩いて大声を出すような陳腐な真似はやめようと雪平は思った。

「二週間の有給休暇。な、雪平くん。たまには家族とのんびりしたまえ。普段は忙しくて、娘さんとの時間もあまりないんだろう?」

キャリア幹部はニッコリ微笑んだ。

その横っ面に、雪平の渾身の右フックがめり込んだ。

そして——二週間の有給休暇は、二週間の謹慎となった。

「私は、間違ったことはしていない。だから、意地でも休みたくなかった。でも、その意地を誰もわかってくれなかった。夫も、娘も——」

「……」

「あ、ごめん。引いた?」

気付くと、瀬崎が、やけに真剣な表情で見つめている。

「引いてない」

「嘘。普通、引くでしょ、こういう話」

「いいや。全然、引いてない」

当たり前のように、瀬崎は雪平にキスをした。

「ちょっと待って」

「待てない」

「待って」

「待たない」

――ダメだ。私はまだ、この男に聞くべきことを聞いていない。

久留米隆一郎は、わざわざ私に電話してきた。

『推理小説』、あれは平井が書いたものではないと。

「文章ってね、努力でうまくなるもんじゃない。センスなんですよ、生まれついてのセンス」

そう自嘲気味に久留米は言った。

「あの小説、あれは、プロの作品です。平井ごときが辿り着ける境地じゃない」

「鳥福」での、瀬崎の言葉を思い出す。

「ぼくより面白いものを書ける作家が全然いない」

「なら、自分で書け」

「ね！　でも、ぼくが面白いと思うものは、たいてい理解されない。読者ってやつは、とかく保守的でね。お約束通りのどんでん返ししか認めない。そんなのもう、どんでん返しとは呼べないと思うんですけどね」

瀬崎に押し倒され、雪平はベッドに横たわる。瀬崎の顔があり、その向こうに天井がある。この角度で男の顔を見るのはずいぶんと久しぶりな気がする。酔っ払って、逆の体勢になったことなら何度かあるが。

「ひとつだけ、先に聞かせて」

「ん？」

「『推理小説』は、常にフェアでなければいけない」

「……何？　仕事の話？」

瀬崎の苦笑い。

でも、雪平は笑わない。

「犯人は、クライマックスで嘘をついてはいけない——そうですよね」

「うん。そう」

「犯人は——あなた？」

「えっ？」

瀬崎の笑みが消えた。

雪平は、じっと彼を見つめる。

瀬崎も、雪平を見つめる。

視線を逸らさない。

視線を逸らさない。

「真剣に、聞いてるんだ」

「もちろん」

「——そうか。犯人は……」

瀬崎は、わざと一呼吸、間を置く。

それから、ゆっくりと微笑んだ。

「犯人は、ぼくじゃない」

「……」

それだけ言うと、瀬崎はもう一度、雪平にキスをした。

長い長いキスをした。

6

雪平のマンションの外。安藤はずっと立っていた。

雪平と瀬崎が、ふたりしてマンションに入っていくのも目撃した。

——何をしてるんだ、おれは。

自分も以前、酔って雪平の部屋に泊まったことがある。多分、彼女にとってはこれは普通のことなのだ。

それでも、安藤はそれから一時間以上、その場所にいた。

向かいのマンションの植え込みの端に座り込み、九階にある雪平の部屋を見つめていた。

やがて、部屋のあかりが消えた。

——何をしてるんだ、おれは。

自分の部屋に戻る前に、どこかで一杯飲むことにしよう。「鳥福」以外ならどこでもいい。そう決めて、安藤はようやく重い腰をあげる。寝ることより酒を飲むのを優先するなんて、まるで雪平夏見のようだと思いながら。

7

生きている者。すでに死んだ者。

まだ、物語の中にいる者。既にその役割を終えた者。

夜は更け、朝になり、そして、「T．H」が予告した五番目の殺人の予定日。

＊

とある小学校の前では、こんなワイド・ショーの中継が。

「既に四人もの方が犠牲になった、今回の連続殺人事件――その新たな犯行予告日が、ついにやってまいりました。重要参考人を指名手配しながら、その後、まったく進展を見せない警察の捜査に、全国の七歳の子供を持つ両親の間には多大な動揺が広がっており、中には、小学校一、二年生を対象に、本日のみ学年閉鎖を実施する学校まで現れました。ここ、〇〇小学校では――」

＊

音羽出版の前では、こんなワイド・ショーの中継が。

「業界最大手の音羽出版は、朝、『推理小説』の入札を求める犯人に対して、現時点で、少なくとも三〇〇〇万円までの金額を支払う準備があるとの声明を発表いたしました」

声明発表のVTRが、スタジオから挿入される。

記者相手に声明文を読み上げている音羽出版の社長。

「音羽出版としては、殺人犯に対しては多額の金を支払うことに対しては断腸の思いがありますが、今後の殺人を未然に防ぐという大義のためにも、今後、犯人が凶行を中止すると約束するならば、入札金額の上積みについても、前向きに検討する所存であります。T．H氏からの連絡をお待ちします」

レポーターにすぐバトンが戻される。

「なお、今回音羽出版が、犯人の提示した最低入札金額一億円をあえて下回る金額を提示したのは、これ以上の悲劇を食い止めると同時に、犯人との直接交渉の機会を得ることで、警察の捜査の進展に寄与したいとの思惑もあるのではないかと――」

――話は横に逸れるが、どうしてレポーターというのは、事件現場の近くや、被害者の家や、勤めていた会社の前で原稿を読むのだろうか。

「現場の○○さーん」と呼びかける時間の分だけ、
伝えるべき情報が目減りしていると思うのだが。
この物語には、全然関係のない話だが。

8

その日、雪平と安藤は、いつもと同じく、平井唯人を追い求めて聞き込みに回っていた。日本中の「み」の付く七歳の女の子を警察が保護するのは不可能な以上、可能性は低くても、平井を追って走り回る以外に刑事のすべき仕事はない。

東京は、フェーン現象という名の異常気象で、最高気温三九度という猛暑だった。きっと今日もまた、南極の氷が五〇〇トンほど溶け出しているに違いない。

「……ここまで何も出てこないなんて、ホント、有り得ないですよ」

交差点での信号待ち。思わず、安藤の口から愚痴が出る。

「自分の携帯電話の基本料金をきちんと払っていた——やつの行動でわかったのって、それひとつだけですよ？　有り得ないですよ」

雪平は、いつもその手の愚痴を軽やかに無視する。

その格好の良さが、今日の安藤には更なるイラつきの元でもあった。

「これで、予告通り殺人なんかやられた日にゃ、課長のクビ、飛びますよね。あのカチャカチャ・ライターも見納めかと思うと淋しいですよ」

信号は、まだ赤から変わらない。

ふたりの前を、ピカピカのタンク・ローリーが通過する。

平たくつぶれた雪平と安藤の姿が、その車体に映り込む。


「安藤。帰ろう」

「は？」

「わざと残された手がかり。それが何なのかわかった」

雪平はダッシュする。

「何ですか、手がかりって」

「課長のライター！」

「はあ？」


久留米から借り受けている、平井唯人撮影という触れ込みの殺人現場テープを手に、ふたりは警視庁科学捜査研究所に飛び込む。安藤の実感としては、サウナの中でマラソンをしている感じだ。水を飲むだけでなく、忘れずに塩も少しなめよう。でないと、いきなり熱中症でバタッと倒れそうだ。

原口という技官が犠牲者に選ばれた。ちょうど、二時間遅れの昼食休憩に入ろうとしていたのだ。休憩を返上して仕事をすると、こういう形でリターンはやってくるというい教訓だ。もっとも、アニメ・オタク的風貌の原口は、雪平に命令口調で指示されるのが、心なしか楽しそうではあったが。

「まず、これを見て」

見飽きた画面がモニタ上に現れる。

黄色いロープが張ってあるだけで、動きらしい動きはほとんどない殺人現場。

しばらくして、一台のタンク・ローリーが目の前を通り過ぎる。

「そこ！　戻して！」

雪平が叫ぶ。

ビデオ・テープ、静止。そして、タンク・ローリーが正面に来るように巻き戻し。

「課長が、見てないようでいつも私たちが見えてるのは、あのライターを使ってるからよ」

「は？」

「あのピカピカの銀のジッポを鏡代わりにして見てるのよ。せこいでしょ」

「……」

原口が、キューバのバカテク・ピアニスト、ゴンサロ・ルバルカバのような速さでキーボードのキーを叩いた。

「拡大します」

拡大されていくタンク・ローリー。

×2、×3、×4――

その磨き上げられた銀の車体に、横に大きく歪んだ人の影が映り込んでいるのがわかる。

「いた！」

「！」

「さてと。ここからの修整が難しいんですよ。タンク・ローリーの側面湾曲率をまず算出して――」

原口が、舌なめずりをしながら、またカタカタとキーを叩く。

「雪平さん、あれ、平井ですよね」

「平井かもしれない。でも、平井じゃないかもしれない。平井じゃないとしたら、あたかも平井が犯人のように見せかけ続けた、その人間が真犯人」

「平井が犯人のように見せかける？」

『推理小説』から、平井の指紋が見つかっているのに？　このビデオのプラスチック部分からも、平井の指紋が見つかっているのに？　平井の携帯から、犯行予告メールが送られているのに？　わざわざ部屋に、自分の指紋のサンプルまで残しているのに？

「たとえば、平井は既に死んでいるとする。犯人は、平井の携帯と、平井が触れた紙と、平井が触れた生のビデオ・テープを持ち出して、それを一番有効に使える時期を待つ。うまくいけば、警察は、永遠に、存在しない人間を追いかけてしまうことになる」

「……」

原口の作業は順調のようだ。

ムンクの『叫び』が横向きになったような人影が、次第に、その輪郭を整えていく。

「たとえば、そこでビデオを構えているのが、久留米隆一郎本人だとしたら。プロの推理小説作家、殺人事件マニア、現在マンネリ、自分の殻を破ってもう一花咲かせたい、平井との接点は十分過ぎるほどある——」

雪平が興奮している。いつもは冷静な捜査で知られる雪平が興奮している。

「よし。これでどうだ！」

原口が、その興奮につられて叫ぶ。

「エンター！」

キーボードの右端にある一番大きなキーを原口は叩いた。
その瞬間、その横長の人影は、完全な顔写真へと復元された。
ハンディ・ビデオを構えた男。
表情は笑顔。
空いているもう片方の手で、こちらにVサインを送っている――

「どうして……」

雪平は呻いた。
安藤も、呻いた。
男は、平井ではなかった。
久留米でもなかった。
田口でもなければ、見知らぬ誰かでもなかった。
タンク・ローリーに向かって、笑顔でVサインをしている男。
それは、瀬崎だった。
瀬崎一郎――昨夜、雪平が一夜をともにした、岩崎書房の編集者。

「これが、答え？」

搾り出すように、雪平はつぶやいた。

「アンフェアなのは、誰か」

「アンフェアなのは、誰か」

「アンフェアなのは、誰か」

9

同じ頃、自分の作品に最後の直しを——それも、今までで一番大幅な直しをやり終え、瀬崎は、かつてない晴れやかな気持ちで通りを歩いていた。

瀬崎の歩く先に、雪平の娘・美央が通う小学校が見えてきた。

最終章 おそらくは、納得のいかないラスト

1

雪平と安藤が捜査本部まで駆け戻った時、山路以下担当刑事たちは全員、本部の片隅に据えられた二九インチの旧型ブラウン管テレビの前に集結していた。

「課長！ これを見てください！」

安藤の手には、プリント・アウトされた紙。Vサインをした瀬崎の笑顔が揺れている。が、山路は「シッ！」と言ったきり、それには全く興味を示さなかった。

「T．Hが、テレビ局に電話を入れてきた」

「えっ？」

「生放送のワイド・ショーだ」

ブラウン管の中では、番組の司会者と、犯人とが、電話回線で直接会話をしていた。

「もう一度確認します。あなたが、『推理小説』の作者であり、一連の殺人事件を起こした犯人なのですね」

司会者は、まるでロイヤル・シェークスピア劇場で一度だけハムレットを演じることが許された俳優のように、大仰な身振りと声色で話す。

「そうです。私が、T．Hです」

瀬崎は至って普通のトーンだ。

「残念ながら、最低入札金額一億円を提示する出版社は現れなかった。なので、私は予告通り殺人を行います」

同じトーンで、今日はカレーではなくスパゲティにします、と言っても、違和感なく通じるだろう。

――瀬崎だ。

――瀬崎一郎。

――彼はどこだ。

∞

かつてはゴミ埋立地と、猫の額ほどのうそ臭い砂浜、そしてカー・セックスのための暗がりしかなかったのに、今はハリウッド大作の豪華セットのように変貌したお台場。瀬崎は、そのお台場の真ん中にある、不自然に白すぎる新しい砂浜に立っていた。海風が多少どぶ臭いが、今日は気にしないことにしよう。その一点を除けば、今日は申し分ないくらいに気分がいい。

「ちょ、ちょっと待ってください。あなたにとって、人の命とは、そんなに軽いものなんですか！」

携帯の向こうで、司会者ががなり立てているのが聞こえる。

「もちろんです。あ、誤解しないでくださいよ。別に、私にだけ軽いわけじゃない。世の中のすべての人にとって、他人の命は軽いはずだ」

陽はずいぶんと傾いた。今日は素敵な夕焼けが観られるだろう。気象庁の週間天気予報を信じた甲斐があった。

「見知らぬ小学生の女の子の命を救いたいのなら、一億円積めばそれで済んだ。しかし、ことここに至っても、業界最大手の音羽出版ですらたったの三〇〇〇万円。私も、出版の世界の住人だ。彼らはいろいろきれい事を並べていたが、あの金額の根拠は容易に想像がつく。週刊誌の特集で売り上げ三〇％増。単行本で、最低部数を一〇万部と見積もり、そのうえで、どこかのテレビ局とタイアップで、情報バラエティと実録

SPドラマか何かを作れば、音羽出版としては黒字が出る。つまり、金儲けの出来るギリギリの数字ということだ」

「T．Hさん。あなた、気は確かですか！」

憤怒という言葉を司会者は律儀に演じて見せる。

瀬崎はますます愉快な気持ちになる。

「アッハッハ。いらない、いらない」

「は？」

「司会のあなた。そういう安い芝居はいらないよ。君は別に憤ってなんかいやしない。ただ、そういう説明的な芝居をしておかないと、あとあと、世の中から非難されそうで怖いだけだ」

「T．Hさん。あなた、狂ってる！」

「狂っているいないという議論は無価値だ。それは、自分自身が理解できない人間に対するただのレッテルに過ぎない。君たちから見たら私は狂っているかもしれないが、私から見れば、君たちが狂っている。自分たちの心のありのままを見つめず、認めず、ただきれい事で、説明臭い、偽りのリアリティに、べったりとまみれているに過ぎない。実に下品で、アンフェアな生き方だ」

「T．Hさん！」

「どちらが正しいか——そんな虚しい議論をするつもりはない。すべては、相対的なもので、絶対の正しさなど存在しない。今日、私は、幼い子供の命を奪う。子供は、数秒間空を舞い、夕焼けの中にそびえる、美しい東京タワーを目に焼き付けて死ぬだろう。それで、私の書いた『推理小説』は、完成する。現実に観測され、証明された、リアリティに満ちた小説になる」

∞

瀬崎はそれだけ言うと、電話を一方的に切った。

ワイド・ショーのスタジオにも、そして、刑事たちの詰める捜査本部にも、重苦しい沈黙がのしかかった。

「……課長。犯人は、犯行場所を私たちに教えています」

雪平だった。

「お台場にある高層マンション『グラン・ハイツお台場』の屋上です。そこから、おそらく子供を突き落とすつもりです」

「おい、雪平。おまえ、そんな情報をどっから——」

「今は説明している暇はありません。大至急、所轄署にも連絡を。それと……」

パーンと耳元で音が鳴った気がした。

背中から血を噴き出す少年。くるくると回りながら倒れる少年。雪平を「卑怯だ」と罵った少年。絶命する少年。そして、それから無限に続いたくだらないたくさんの出来事。

「それと、なんだ、雪平」

「はい——銃の携帯許可をお願いします」

2

携帯を切った後も、しばらく瀬崎はそれを捨てなかった。

裏向きにひっくり返すと、色落ちのしたプリクラが貼られているのが見える。若い男女が三人。左から、田口、理恵子、そして平井。三人とも、笑顔全開である。

——嘘くさいヨ。

瀬崎は思う。

このプリクラが撮影された時、田口と理恵子はもう付き合っていたのだろうか。セックスはしていただろうか。平井の理恵子に対する気持ちを、ふたりは気づいていただろうか。いただろう。気付いたうえで、黙って優越感に浸っていたのだろう。

平井唯人。

プライドはあるが、才能はない男。

付き合ってもいない女に恋い焦がれ、「裏切られた」と騒ぎたて、ついにはレイプ未遂事件まで起こした男。

そして、それを暴かれ、親や親戚や級友たちから白い目で見られるのが怖くて、あっさりと死を選んだ男。

ただ死ぬだけでは悔しいので、最後に自分のプライドを傷つけた連中の中から誰かを――たまたま、瀬崎が選ばれてしまったが――誰かを道連れにしてやろうと、あれこれつまらぬ画策をした男。

「これは、復讐です。瀬崎さん。あなたに対する復讐です」

あの夜、自宅の留守電に吹き込まれた平井からのメッセージを聞き、瀬崎は彼の部屋を訪ねた。

「平井」と表札のある部屋のドアをノックする。

中から応答はない。

ドアノブを回してみる。

お約束のように、鍵は開いている。

中に入ってみる。

瀬崎を待っていたのは、平井の死体だった。両手首から激しく血を流し、同時に首をくくって死んでいる。

瀬崎は驚かなかった。

——殺人犯の濡れ衣だけは着せられないようにしないとな。

まず最初にそれを考えた。なにせ、敵さんは、「復讐」という言葉を使って瀬崎を呼び出しているのだ。それが目的である可能性は十分にあった。

慎重に、部屋の奥へと進む。

デスクの上、プリクラの貼られた携帯電話を重しにして、瀬崎宛ての手紙がプリント・アウトされているのにすぐ気付いた。

読む。

「瀬崎さん。今、どんな気持ちですか？　自分のせいで、人がひとり死ぬというのはどんな気持ちですか？　あなたは、これからずっと、ぼくの死を背負って生きていいかなきゃならない。人ひとりを死に追いやった『人殺し』の烙印を背負ってね。瀬崎さん。これが、好き放題ぼくを罵倒したあなたへの復讐です。おまえに、リアルな死を、プレゼント。T．H」

くだらない手紙だが、平井の気持ちを考え、瀬崎はこれを二度読んだ。

——的外れも甚だしい。

平井が期待していたであろう感情——強い衝撃、あるいは後悔、自責、悔恨——そうした感情は、何ひとつ湧き上がって来なかった。

別の意味で途方にくれ、瀬崎は辺りを見回す。

壁には、血で汚れた「不採用通知書」が貼ってある。鉛筆で、瀬崎の字で、「展開がアンフェア」「リアリティがない」と記されている。

「おじちゃーん」

遠くから女の子が瀬崎に手を振りながら叫んだ。

クライマックスの始まりだ。

瀬崎は女の子に向かって大きく手を振り返し、そして、もう必要のなくなった平井の携帯電話を、公園のゴミ箱に、ロング・シュートした。

きれいに入った。

「おじちゃーん」

女の子は手を振りながら走ってくる。

「今日は、何して遊ぶの？」

瀬崎は、笑顔で砂浜のすぐ近くのマンションを指さした。

「あそこの屋上はね、すっごく眺めがきれいなんだ」

西の空に、かすかな赤みが差し始めている。

——いいタイミングだ。

∞

実弾入りの銃を体に帯び、雪平たちは一斉に出動していく。

安藤は、雪平の表情が、いつになく硬いのがずっと気になっていた。新米の自分はともかく、数々の修羅場を潜り抜けてきた雪平が、こんな顔を見せるなんて。

——やはり、ゆうべ、何かあったんだろうか……

安藤の不安は、当たっていなかった。

雪平は、瀬崎と寝た前夜のことは考えていなかった。

――どうして、私に犯行場所を教える必要があるのだろう……

金目当てに殺人を犯す男には思えない。しかし、周到に計画された犯行であることは間違いない。その犯行の最後の最後に、私に現場を教えるその意味は何なのだろう。

携帯を取り出し、別れた夫の携帯番号を押してみる。

「こちらはNTTドコモです。ただ今、電話回線がたいへん混み合っております。しばらくしてからおかけ直し――」

夫の家の電話にかけてみる。

「こちらはNTTドコモです。ただ今、電話回線がたいへん混み合っております。しばらくしてからおかけ直し――」

切る。

瀬崎の生放送犯行予告の瞬間から、名前に「み」のつく子供や孫の安否の確認をするために、日本中が一斉に電話を使っていた。NTTドコモだけでなく、auも、ボーダフォンも、Tu-Kaも、軒並み回線はダウンしていた。携帯がつながらない――たったそれだけの事実が、人々のパニック度を一〇倍にした。

警視庁の一一〇番受付センターも、全回線が鳴りっ放しの状態になっていた。

雪平は、電話を諦める。

私は刑事だ。加害者が誰で、被害者が誰であるかは関係ない。

今、生死の境をさまよいつつあるのが、他人の子であろうが、自分の子――美央・七歳――であろうが、刑事として、粛々と、義務を遂行するだけの話だ。そうでなければ、自分のこの一〇年の刑事生活が、根底から否定されてしまう。

∞

女の子とともに瀬崎はマンションの屋上に上がり、夕焼けを眺めながら雪平の到着を待った。

真っ赤な夕焼け。

その夕焼けの中、美しいシルエットを見せている東京タワー。

フェンスはあるが、さほど高くはない。

こうした景観を住人に開放しているのはいいことだと思う。が、それも今日までで、明日からはヒステリックなほど「立ち入り禁止」の貼り紙がされ、幾重にも鍵がかけられるだろう。何事も、徹底出来ないことが、今の日本の最大の弱点である。

「おじちゃん。飽きた」

子供が景色に見とれていられるのは三分が限度だ。

「ちょっと待って。もうすぐだからね、みっちゃん」

「もうすぐって何が？」

「もうすぐ、おじちゃんの恋人が来るんだ」

「恋人？」

「そう。おじちゃんがとっても愛してる女の人だ。みっちゃんも、きっと好きになれるよ」

その時だった。

轟音とともにドアが開き、拳銃を手にした雪平が飛び出してきた。最初から、完全に照準を瀬崎に合わせている。その後ろには、取調室で顔なじみになった安藤という若者がいる。彼もまた銃を構えている。もっとも、彼の銃身は震えていて、二メートル先の的にも満足に当たりそうになかったが。

「瀬崎！」

「早いね。思った通り、優秀だ」

いい集中力だ。やはり、仕事というのは有能な人間と組まねば面白くない。

雪平は銃身をぶらさない。

雪平は、照準をピタリと瀬崎に合わせたまま、ちらりと女の子の顔を確認する。

硬かった彼女の表情に、一瞬——ほんの一瞬——安堵の色が表れる。

「安心した？　自分の娘じゃなくて」

そう。女の子は、彼女の娘、美央ではない。

「その子を、放しなさい」

「質問に答えて欲しい。自分の娘じゃなくて、安心しましたか？」

「子供を放して！」

「認めようよ。君は今、少しだけ安心した。それが、人間というものだ。ぼくが一緒にいるのは、君のかわいい美央ちゃんじゃない。佐藤美也ちゃんと言って、ぼくと同じマンションに住んでいる女の子だ」

「……」

「シングル・マザーの家庭でね。お母さんが夜働いているから、代わりにぼくが時々、学校や塾のお迎えをしてあげたりしてた。二年がかりで培った信用ってやつだよ」

「二年前から、計画してたのね」

「そう。平井くんの死体を見つけた夜、ぼくの上に、アイデアが降りてきたんだ」

――ここからだ。ここからのさじ加減が難しい。

――何も説明しなければ謎が残りすぎるし、すべてを説明するのはスマートではない。

――『推理小説』は、いつも、フィニッシュが一番難しい。

「すべては、平井くんの自殺から始まった。彼は、ぼくを第一発見者にするために、誰にも知らせずに自殺をした。ぼくは彼の無残な死体を見た。ぼくを非難する手紙も見た。でも、ぼくの心は一ミリも動かなかった。彼がかわいそうとも、彼に申し訳ないとも思わなかった。心が動かない方がリアルなんだ。ぼくにははっきりとわかった」

「……」

「だから、そういう小説を書いてみようと思った。もう、無能な作家たちに期待するのはやめて、自分の手で、本当のリアリティを、世の中の保守的でわがままなバカ読者どもに教えてやりたいと思った。ぼくは、平井くんの死体を処分した。奥多摩の山林深くに苦労して埋葬した。そうすることで、この世にもうひとりのぼく――T・Hというペン・ネームのもうひとりのぼくを作ることに成功した」

雪平は、瀬崎を無視して、女の子に優しく語りかけた。

「みっちゃん」

女の子は、逆に瀬崎のズボンをぎゅっと強く摑んだ。

二年間慣れ親しんだおじちゃんと、いきなり拳銃片手に現れた殺気立った女刑事と、どちらを彼女が信頼するかは考えるまでもない問題だった。

「さあ、みっちゃん、こっち来て」

それでも、雪平は彼女を呼ぶ。

時間をかけ、ゆさぶり、瀬崎に隙を作らせなければ。

「この子の体重くらいなら、一瞬で外に放り投げられるよ」

にこやかに微笑みながら、瀬崎は片手を女の子の肩に回す。

「その前に、あなたを撃つわ」

雪平は銃を構え直す。

「撃てるの？」

瀬崎は、空いているもう片方の手で、原稿の束を取り出し己の胸の前にかざした。

『推理小説・下巻』と、黒く、大きく書かれている。

「ぼくも、ナイフひとつ持っちゃいないよ」

「……」

「君があの時撃ち殺した少年と同じ」

「……」

∞

マンションの下では、山路の指示のもと、急ピッチで、マットなどが敷き詰められていく。

「課長。このビル、三〇階建てですよ。このマットで、助かりますかね」

「ないよりはマシだろ。あとは、雪平を信じるしかない」

事件を知ったマスコミ人たちが、早くも大挙して押し寄せてきた。落下してくる子供をベストのアングルで撮影しようと、あちこちで小競り合いが始まっている。

∞

安藤は、撃鉄を起こし、一歩、前に出た。

雪平には撃たせたくなかった。ほとんどの警察官が、現場での発砲を一度も経験せずに定年を迎えるというのに、どうしてこの女刑事だけが、二度までも過酷な経験をしなければならないというのか。

――いざとなったら、おれが撃つ。

安藤は、自分に言い聞かせる。

――足だ。瀬崎が女の子を抱え上げた瞬間、足に向けて二発撃つ。

遠くから、マスコミのヘリが飛んでくるのが見える。どうやら、生中継をしているらしい。記者らしき人間がマイクを片手に何か叫んでいる。

「どうして最初の被害者にだけ、眼球を抉るような真似をしたの」

雪平が訊く。

「残虐な行為が、自分の心の中にどのような影響を及ぼすか知りたかった」

よどみなく瀬崎は答える。

「被害者は誰でもよかったの？」

「そう。死んだふたりはツイてなかった」

「じゃあ、栗山さんを次の被害者にしたのはなぜ？」

「彼は、ぼくが小説を書こうとしていたのを知っていた。ぼくの文体も知っていた。

そのうえ――いや、まあ、それはいいか」

「どうやって栗山さんに毒を飲ませたの」

「コンパニオンから飲み物をふたつ受け取り、ひとつに毒を入れて渡す。パーティじゃありふれた光景だろ」

「誰かが目撃してたらどうするの？　ビデオ・カメラを回してた女性だっていたのよ」

「ある程度のリスクはやむをえない。ぼく自身、それほど長生きしたいタイプっていうわけでもないしね」

「粕谷理恵子さんを殺したのはなぜ？」

「君たちに、T．Hのメールを読ませたかった」

「平井くんが久留米先生のビデオ・コレクションの手伝いをしていたのをどこで知ったの？」

「彼の部屋から持ち出したノートPCに、彼の日記が入っていた」

「その日記って――」

「もうたくさんだ」

瀬崎が雪平の質問を遮る。

「もう、このくらいでいいんじゃないか？　ラスト・シーンは、簡潔な方が美しい」

「瀬崎」

「無駄なことはよそう。いくら時間を稼いだところで、ぼくは隙を見せたりはしない。決心を翻したりもしない」

「あなたは私に嘘をついた。あなたの計画したストーリーは、もう完璧じゃない」

「?」

「あなたから教えてもらった『推理小説』のルールよ。クライマックスでは、犯人は嘘をついてはならない」

瀬崎が、初めて黙った。

照れくさそうに右を見て、左を見て、空にいるヘリを見て、遠くに聳《そび》える東京タワーも見て、それからようやく、雪平の顔をもう一度しっかりと見つめた。

「あの時、ぼくは心から君を抱きたかった」

「は?」

「そのために、ひとつだけ嘘をついた。小説の形を守るより、登場人物――つまり、ぼくの心情を優先した」

「……」

「あのときは、嘘をつくことの方がリアルだった。クライマックスでは、犯人は嘘をつかないだなんて、そんなものは読者のわがままと甘えに過ぎないとぼくは思っている。人間は、必要があれば、どんな時にだって嘘はつく」

「瀬崎」

「ぼくは、アンフェアという言葉で作り手を縛る卑怯な連中が、顔を真っ赤にして怒るような作品を書きたいと思ってたんだ。最後に一度くらい裏切ってもバチは当たらない」

「そんな説明、通ると思ってるの」

「通るさ。少なくとも、ぼくの中では通る」

「……」

「君と出会えて、ぼくの作品はより大きなリアルを手に出来た。礼を言う」

「瀬崎」

「雪平刑事。ありがとう」

軽く頭を下げたその瞬間だった。瀬崎は、かがみ込み、女の子を頭上に担ぎ上げようとした。

「瀬崎――ッ」

雪平が叫ぶのと、乾いた銃声がこだましたのと、ほぼ同時だった。

結局、安藤は動けなかった。

銃は、雪平が撃った。

彼女の銃口を飛び出した弾丸は、瀬崎の首の右半分を抉り取り、そのままお台場と竹芝の間にたゆたう海へと落ちていった。

瀬崎は、フェンスに叩き付けられ、血の噴水を二メートル近くも噴き上げながら、コンクリートの床に一枚の板のように倒れた。

彼の手から放たれた『推理小説・下巻』は、風に煽られ、大空に散っていく。

安藤に、もしエスパー並みの視力があったなら、その一ページ目の原稿の文字が読めたはずだ。

*

自殺について、話をしよう。

私は、これから自殺——一般的な方法とは違うが、自分で死を選ぶという意味では、紛れもない自殺である——をしようとしている人間である

＊

安藤は動けなかった。

女の子も、放心状態のまま、屋上の床に座り込んでいた。この子の精神的なケアをしてあげるのは誰だろう。そんなことを安藤は思いつつ、でも、体だけはなぜか動かない。

瀬崎は死んだ。

即死と言っていいだろう。

雪平も、銃を構えたまま、動かない。

上空では、テレビ局のヘリが、格好のいい画を撮ろうと、いつまでも旋回していた。

3

三日後。

被疑者死亡という結末を受け、捜査本部は解散となり、刑事たちはそれぞれの新たな事件へと散っていった。

雪平は、本庁の捜査一課に戻り、別の事件の調書の山と格闘していた。

白昼、たった五分、母親が目を離した隙に、まだハイハイも出来ない生後三ヶ月の赤ん坊が誘拐された。身代金の要求はたったの一度。手がかりは、母親が脅迫電話の向こうに聞いた「ドーン」という微かな爆発音――

安藤が来た。

手に、A4の紙束を持っている。

「結局、半分くらいしか回収できませんでしたヨ。マスコミの連中、バンバン持ち去るし、持ち去ったらしらばっくれてなかなか返さないし、ホント、最悪ですよ。アリエナイ」

「何の用?」

「ラスト・シーン、残ってたんですよ。雪平さん、読みたいかなと思って」

雪平は、興味を示さない。黙々と乳児誘拐事件の調書を読み続けている。

「これ、コピーですから、読んだら捨てていいですから」

「私、忙しいの。事件は、次々に起きてるのよ」

安藤の「親切」を面倒くさそうに振り払いながら、雪平は立ち上がった。

「そんなに私に読んでほしいのなら、そこに置いといて。この事件が無事に解決したら読むかもしれないから」

それきり、振り返りもせずに、雪平は出て行った。

胸を張り、大股で颯爽と歩く姿は、笑ってしまうくらい無駄に美しかった。

しばらく見惚れていたものの、すぐに我にかえって、安藤は雪平の後を追う。

「雪平さん、雪平さん」

「まだ、何か用」

「ええ。実は次の捜査も、ぼく、雪平さんとコンビですから」

「へええ。どうして知ってるの？」

「さっき山路課長に、直々にお願いしてきました」

「……物好きね」

――そうかもしれない。

自分でもそう思う。

でも……睡眠時間三時間でも平気な若さがあるうちは、この女刑事と組むのも悪くはない選択だとも思う。出世には、結びつかないだろうけど。

「雪平さん。実は、あの瀬崎って男のこと、結構気に入ってたんじゃないんですか？」

「まーね」

「どこらへんが、いいと思ったんですか？」

「顔」

「顔？」

あきれた声を出す安藤を置き去りに、雪平は大股で歩き続ける。

安藤は、しつこく追いすがる。

「おれにはわからないスよ、雪平さんの趣味。だいたい、瀬崎が書いてた例の『推理小説』、彼、えらく自信満々だったじゃないですか。でもね、最後まで読んだら全然つまんないんですよ？　最初すごく期待させたぶん、最後の方はグダグダっていうか。大風呂敷広げて、すげえトリックとか泣ける真実とかあるのかと思ったら、えっ？　何？　そんな話なの、これ？　みたいな」

「……」

「だいたい、ただ人がたくさん死んでくだけで、誰にも感情移入できないっていうのが小説としては最悪ですよね。瀬崎が、あれのどこを傑作だと思ってたのか、ホント、わけがわかんないですよ」

「……」

「謎ふっといて、全然説明してないとこも多いし。そうそう。下巻の最初の方に、瀬崎が、わざわざ雪平さんのお嬢さんの小学校まで行くくだりとかあるんですけどね。結局、全然関係なかったわけじゃないですか。あんなの、めちゃくちゃアンフェアだと思いません？」

∞

——行ったことは行った。

——でも、思い返して、帰った。

——おかしいですか？

瀬崎がこの場にいたら、そう普通に聞き返してくるだろう。

「人って、そういう行動、するでしょう？」

さっき、安藤に嘘をついた。

『推理小説』のラスト・シーンは、もうとっくに読んでいた。

あの銃殺の屋上に至るその前に、瀬崎はラスト・シーンの入った封筒を、下校する美央に手渡していた。


なぜ、美央に渡したのか。

その真意は今はもうわからない。

殺そうと思えば、君の娘を殺せたよ、ということなのか。そうかもしれない。そうでないかもしれない。たぶん、そうではない気がする。

最後の一枚だけは、平井の部屋から盗んだプリンタで印字したものではなく、瀬崎本人の手書きだった。


女刑事は、犯人を撃つ。

一瞬のためらいもなく、かつて愛しかけた者を撃つ。

彼女は泣かない。
彼女は揺れない。
そして、夜が来て、次の朝が来て、彼女はいつもの日常へと戻る。
殺した男の記憶に苛まれることもなく、
殺した男を無理に忘れるわけでもなく、
ただ静かに、戻るべき日常へと彼女は戻る。

それが、リアリティ。
それが、私の信じる、リアリティ。

〈了〉

解説という題名の……

新保博久

はじめに「探偵小説」があった。著者は横溝正史。もちろん横溝正史の「探偵小説」以前、戦前の日本にも探偵小説（翻訳でない、純国産の）は存在した。正史自身が書いていたし、もちろん明治に黒岩涙香が、大正に江戸川乱歩が書きはじめてもいた。だが「探偵小説」という題名の探偵小説を書いたのは、私の知る限り横溝正史が最初である。そういうタイトルが通用するには、それだけジャンルが成熟し、認知されていなければならない。

横溝正史の「探偵小説」は、東北のN温泉から東京へ帰ろうとする男女三人が、雪崩のせいで駅の待合室に足止めされている間、一行の一人である探偵小説家の里見が構想中の作品の筋を語り、次第に形が整えられてゆくという構成である。『新青年』昭和二十一年十月号に発表され、現在も創元推理文庫版日本探偵小説全集9『横溝正史集』で読める。

こういう題名をつけるのは、そのジャンルの愛好者への挑発であり、またそれをするだけの自負が作者側になければならない。以来、現在までの六十年間に、それに追尾する気概を示した作品がどれだけ書かれたか——。

昭和五十年に至って、都筑道夫の『怪奇小説という題名の怪奇小説』（桃源社。昭和五十五年、集英社文庫）という題名の長篇が刊行された。昭和四十四年に『話の特集』に連載された際は通しタイトルがなく、読切り短篇のような連載長篇のような、エッセイのような小説のような、どっちつかずの感覚で読者の不安感をあおる趣向になっていた。ストレートに怪談を書いて、現代の読者を怖がらせるのは不可能、という当時の著者の考えに基づいてのことだ。

それから間をおかず昭和五十三年に現れたのは、純文学畑の三枝和子の『恋愛小説』（新潮社）という題名の恋愛小説——ではない。むしろ『恋愛小説』という題名の怪奇小説というべきで、作中作の恋愛小説をめぐって、外枠の人間関係も時間経過もどんどん歪んでゆく。文章は平明なのに、一人称が断わりなく三人称に変ったり、正直なところ内容がよく分からない。実験的な野心作ではあるが、自分の理解力不足を棚に上げさせてもらうと、成功作とは言えないと思う。

まずこんなところが、小説のジャンル名そのものを題名にした小説の系譜だが（何か見落としていませんように）、そもそもこんなタイトルをつければ評論書と間違えられかねないから、やめてくれと編集者に諫められるところだ。固定読者をつかんでいる中堅以上の作家に、まれに許されることもあるといった程度だろう。

　そして歳月は流れて、平成十六年——。とつぜん出現したのが本書『推理小説』である。新人のデビュー長篇の題名としては、神をも怖れぬ大胆不敵さ。だが著者の秦建日子は新人作家といっても、それまで無名の市井のひとだったわけではない。TV番組、特に連続ドラマというものを視る習慣のほとんどない私が知らなかっただけで、一九九〇年代から脚本に携わり、当初は舞台の作・演出のほうが多かったが、今やTVファンが新番組を視るか視ないか決めるに当って、脚本家の名前によって視るほうに選ばれる何人かのシナリオライターの一人であるという。それらのオリジナル脚本作品に「最後の弁護人」「共犯者」（ともに平成十五年、NTV系）などがあるように、ミステリについても決して素人ではなかったのだ。

　そして私は、この解説を書くために、「救命病棟24時」第五話「最後の授業」、「天体観測」、「共犯者」のDVDなどを借りまくり泥縄式に見まくったのである。それらは食わず嫌いの身にも面白かったし、特に、大学時代の七人の仲間が卒業して三年後にそれぞれ大小のトラブルに見舞われる青春ドラマ「天体観測」では、主人公たちの運命に一喜一憂させられた。この作品だけが唯一、ノヴェライゼーション（平成十七年、河出書房新社）にもなっており、秦ドラマの代表作といっていいかもしれないが、ノヴェライズ版のあとがきで秦氏自身から「私がもっとも嫌いな作品」と宣告されている。「もっとも苦しみ、迷い、脱稿した後には、一刻も早く忘れ去りたいと願った」、「すべてに不完全で、不恰好で、みっともない」、しかし、「たいていの『青春』は、不完全で不恰好でみっともない代物である。そして、私にとっての『天体観測』のように、忘れたいと思っても忘れられない代物である」と、逆説的に作品への愛着を語ってもいるようだ。

一つだけ私がTV版「天体観測」に文句をつけるとしたら、一つのサークルにこんなに美男美女の比率が高いわけがない、それはリアリティがない――と、これはドラマの約束事を無視した言いがかりにすぎない。醜男醜女だらけのドラマなど誰が視たがるだろうか。そしてまた、「共犯者」における三上博史の意外な正体は一種アンフェアといえるもので、小説として書かれていたら非難を免れまい。

リアリティがない、展開がアンフェア――というのは、小説『推理小説』で、作家志望者・平井唯人の原稿が没にされた理由でもある。平井唯人――T．Hは、本当の作者である秦建日子と同じイニシアルだが、たまたま江戸川乱歩の本名・平井太郎とも一致する。リアリティがないという意見に反駁するように、小説どおりに事件を起こしてゆく犯人の正体は、本当に平井唯人なのか？　この『推理小説』全体が、通例ミステリで尊ばれるリアリティ、フェアプレイと安直に使われる評語そのものの脆さに突きつけた諷刺の剣でもある。そして、リアリティがあれば面白くなくともいいのか、フェアで面白くないよりもアンフェアでも楽しい作品（TVドラマ「共犯者」のように）こそ望ましいのではないかと問いかけているかのようだ。

一般にシナリオから小説に進出した人の作品は、書きはじめのころには往々、会話はうまいのに地の文がト書きそのままの感じを与える弊がある。また物語自体、読むより映像にしたほうが面白そうだと思わせる場合も少なくない。

ところが本書『推理小説』について言えば、非常に凝った構成をもつ一方、あくまでも読みやすく軽快なエンタテインメントであると同時に、小説だからこその書き手の配慮が隠し味さながらに効いている。ひと筆書きのように簡潔ながら心理描写が要所要所を引き締め、また叙述がカメラ視点でなく、一場面は一登場人物の視点に固定するという近代小説作法の基本原則が貫かれているのだ。そして何よりも、リアリティとフェアプレイをめぐるというテーマが、TVドラマには本来なじみにくいもので、小説初挑戦にふさわしい意気込みを感じさせるのが頼もしい。ドラマや舞台でのモチーフの多彩さを思えば、秦氏には小説家としてもジャンルにこだわらない活躍が今後予想されるが、ミステリ一本槍でなくとも末永く〝推理小説〟も書き続けてもらいたいところだ。

アンチTVドラマ的なテーマを内包する本書『推理小説』が、フジテレビ系でTVドラマ化されて来春から放映されるというのは、愉快な皮肉と感じられてならない。

ドラマに出来ない趣向を凝らしたからこそ小説に結実させたわけだと思えば、秦氏自身が脚色しないのは、いわば当然だろう。「アンフェア」と改題されるらしいTV版は、型破りの刑事であるヒロイン雪平夏見の魅力（小説でも彼女の活躍する第二作が近刊であるという）を中心にすえることになりそうだが、原作の、小説ならではの〝アンフェアな魅力〟がどう表現されるのかも見ものだ。連続ドラマを視る習慣のない私にとっても放映が楽しみな理由も、そのためにほかならない。

この作品はフィクションであり、実在の人物、団体等とは一切関係ありません。
本書は二〇〇四年一二月、単行本として小社より刊行されました。

推理小説《すいりしょうせつ》

二〇〇五年一二月三〇日 初版発行
二〇〇七年 二 月 六 日 68刷発行

著 者 秦《はた》 建日子《たけひこ》

発行者 若森繁男
発行所 株式会社河出書房新社
〒一五一-〇〇五一
東京都渋谷区千駄ヶ谷二-三二-二
電話〇三-三四〇四-八六一一（編集）
〇三-三四〇四-一二〇一（営業）
http://www.kawade.co.jp/

ロゴ・表紙デザイン 粟津潔
本文フォーマット 佐々木暁
本文組版 KAWADE DTP WORKS
印刷・製本 中央精版印刷株式会社

Printed in Japan ISBN978-4-309-40776-0

河出文庫

夏休み
中村航
40801-9

吉田くんの家出がきっかけで訪れた二組のカップルの危機。僕らのひと夏の旅が辿り着いた場所は──キュートで爽やか、じんわり心にしみる物語。『100回泣くこと』の著者による超人気作がいよいよ文庫に！

幸福の無数の断片
中沢新一
40349-6

幸福とは何か、それはいっさいの痕跡を残さないまま、地上から永遠に消え去ってしまうかもしれない人生の可能態。キラキラ飛び散った幸福の瞬間を記録し、その断片たちを出会わせる、知と愛の宝石箱。

さだめ
藤沢周
40779-1

ＡＶのスカウトマン・寺崎が出会った女性、佑子。正気と狂気の狭間で揺れ動く彼女に次第に惹かれていく寺崎を待ち受ける「さだめ」とは…。芥川賞作家が描いた切なくも一途な恋愛小説の傑作。解説・行定勲

アウトブリード
保坂和志
40693-0

小説とは何か？ 生と死は何か？ 世界とは何か？ 論理ではなく、直観で切りひらく清新な思考の軌跡。真摯な問いかけによって、若い表現者の圧倒的な支持を集めた、読者に勇気を与えるエッセイ集。

人のセックスを笑うな
山崎ナオコーラ
40814-9

19歳のオレと39歳のユリ。恋とも愛ともつかぬいとしさが、オレを駆り立てた──「思わず嫉妬したくなる程の才能」と選考委員に絶賛された、せつなさ100％の恋愛小説。第四一回文藝賞受賞作。

インストール
綿矢りさ
40758-6

女子高生と小学生が風俗チャットで一儲け。押入れのコンピューターから覗いたオトナの世界とは？！ 史上最年少芥川賞受賞作家のデビュー作／第三八回文藝賞受賞作。書き下ろし短篇併録。解説＝高橋源一郎

著訳者名の後の数字はISBNコードです。頭に「978-4-309」を付け、お近くの書店にてご注文下さい。